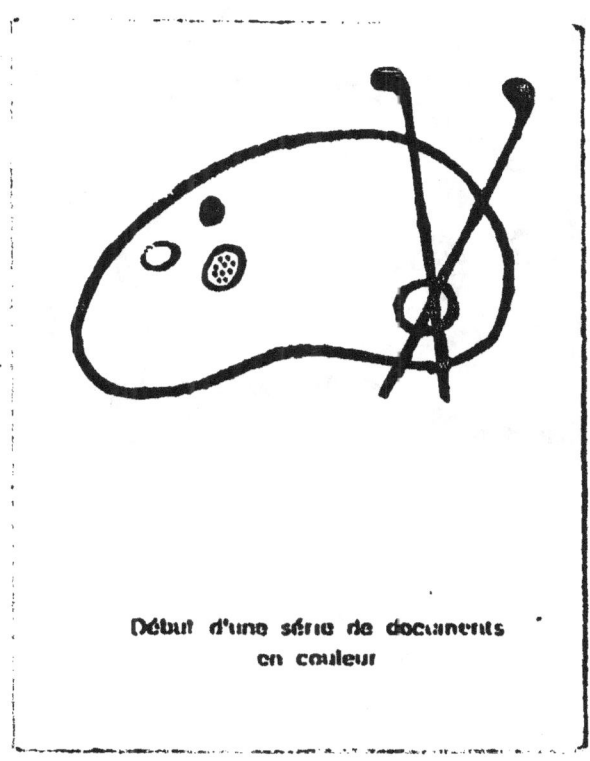

Début d'une série de documents
en couleur

COUVERTURES SUPERIEURE ET INFERIEURE D'IMPRIMEUR

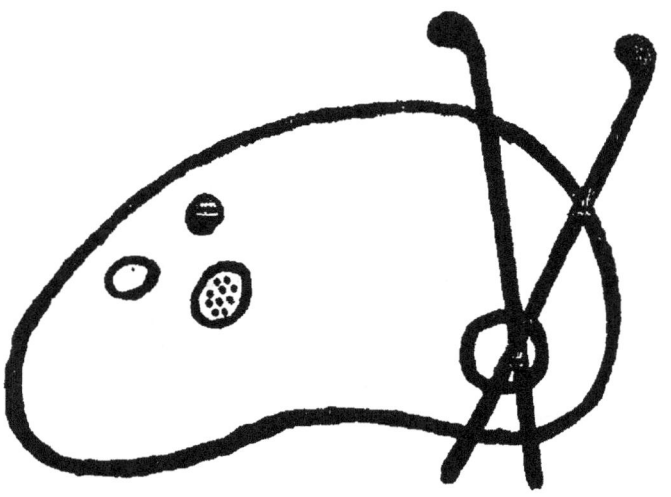

Fin d'une série de documents
en couleur

AU PAYS DES CZARS

IN-8° DEUXIÈME SÉRIE

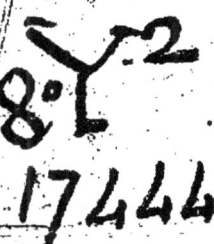

On aurait dit une femme debout les cheveux flottants (page 111)

AU

PAYS DES CZARS

PAR

Pierre RAYMOND

———

Quinze gravures

———

LIMOGES

EUGÈNE ARDANT ET Cie

ÉDITEURS

Un coup de pistolet répondit à cette démonstration (page 15)

AU PAYS DES CZARS

I. — LE MESSAGER MYSTÉRIEUX

L'automne approchait à grands pas, et l'un des premiers jours de septembre de l'année 1824 allait finir. A cette époque de l'année, en Russie, les reflets du soleil teignent encore le couchant après dix heures du soir; nul n'ignore, en effet, que plus on se rappro-

che des régions polaires, plus la brièveté des
nuits augmente. Arrivé sous une certaine latitude, le soleil occupe même constamment l'horizon durant plusieurs mois, d'où, en revanche,
il est totalement absent le reste de l'année.

Si le jour existait encore du côté de l'occi-
dent, les ombres envahissaient rapidement l'o-
rient; l'air, d'une grande pureté dans les régions supérieures, se chargeait dans les cou-
ches enveloppant la terre, de légers brouillards
s'élevant des cours d'eaux et des bas-fonds , si
nombreux autour de la cité bâtie par le czar
Pierre Ier.

Cet état de l'atmosphère favorisait singulièrement la transmission des moindres bruits.
Les sons d'une cloche qui tintait à plusieurs
werstes (1) dans la campagne parvenaient très
distinctement aux oreilles des voyageurs, sur
la route de Pétersbourg. Le sabot d'un cheval,
courant sur cette chaussée pavée, s'entendait
jusqu'à deux werstes de distance, et la voix
d'un passant pouvait frapper les oreilles d'une
autre personne placée hors de la portée des
yeux. Il n'y eut donc aucune surprise de part
ni d'autre, lorsqu'un cavalier venant au grand
galop de Pétersbourg et une troupe de paysans

_____

(1) Le werste, mesure russe, équivaut à peu près à notre kilomètre.

suivant la direction opposée, se trouvèrent tout à coup face à face, à un détour de la voie publique. Mais les campagnards, voyant l'étranger arrêter brusquement son cheval, semblèrent éprouver une vive frayeur à l'aspect de la monture et du cavalier, car ils se signèrent précipitamment et jetèrent autour d'eux un regard alarmé. Devant et derrière, la route était déserte : pas une âme dans la campagne, pas d'autre bruit que celui de cette cloche qui tintait dans l'éloignement. Cet isolement parut redoubler les craintes des villageois, qui reculèrent de quelques pas.

L'inconnu, qui les intimidait si fort, était couvert d'un vaste manteau brun ; une épaisse casquette en fourrure couvrait sa tête, et la visière masquait les deux tiers de son visage. Cependant la monture inspirait peut-être plus encore de terreur aux paysans que son maître ; c'était un grand cheval entièrement noir, aux yeux ardents, à la bouche écumante, à l'haleine de feu ; il se cabrait avec impatience et se levait par instants presque droit sur ses pieds de derrière ; alors, il revêtait une forme fantastique dans l'ombre qui se condensait.

Le cavalier remarqua sans doute l'épouvante des villageois, car il s'empressa de calmer son cheval, et prenant la parole :

— Bonnes gens, dit-il aux campagnards, ne craignez rien : je ne suis ni un larron, ni un seigneur, ni même le diable.

Les paysans se signèrent de nouveau, mais cette fois pour remercier le Ciel.

— Allons, rustres, trêve de simagrées ! leur cria le cavalier impatienté. Indiquez-moi vite le chemin le plus direct pour gagner Tzarkoé-Sélo. Je porte à l'Empereur un message qui ne souffre pas de retard.

— Pour l'Empereur ! répétèrent les paysans tous ensemble.

— Eh oui ! pour l'Empereur. Qu'avez-vous à vous regarder de cette singulière façon ?

— Le czar, notre père est mort, dirent-ils.

— Le czar est mort ! fit l'étranger en sautant à terre.

— Il est mort ! affirmèrent de nouveau les villageois d'une voix lamentable.

— Quand cela ? reprit avec vivacité l'inconnu. Qui vous a donné cette nouvelle ?

Alors, comme si ces questions eussent délié leurs langues par une vertu soudaine, les paysans se mirent à parler tous à la fois avec une extrême volubilité. Dans ce concert de réponses confuses, le cavalier ne put distinguer que les mots de Providence... châtiment... souffrances du peuple... conspiration... qui revenaient sans cesse sur les lèvres de ses interlocuteurs.

En vain chercha-t-il à obtenir des détails plus précis sur la fin du czar Alexandre Ier, et à connaître la source de tous ces bruits, les villageois continuèrent de s'exprimer avec un vague désespérant. Les pauvres gens n'avaient point été heureux dans les derniers temps; les affaires publiques n'allaient pas au gré de la nation, et divers symptômes présageaient un ébranlement prochain de l'empire. Les Russes, naturellement, faisaient retomber sur la tête de leur souverain la responsabilité des calamités dont ils souffraient; et dans le coup qui venait de frapper le czar, les paysans ne voulaient voir que la main de Dieu punissant un coupable.

Comprenant qu'il ne tirerait de ces hommes rien autre chose que les indications nécessaires pour poursuivre sa route, l'étranger leur demanda de nouveau ces renseignements; puis, il remonta brusquement à cheval, cingla les flancs de sa monture d'un coup de fouet, et poussa ventre à terre en avant. Deux heures durant, il courut dans les ténèbres, au sein d'une solitude complète. Au bout de ce temps, quelques feux apparurent à droite et à gauche; le voyageur franchit un marécage, traversa un

bois de bouleaux et atteignit une route large,
unie, bordée à intervalles presque égaux de
plantations et de maisons de plaisance. Sur
cette voie, malgré l'heure avancée de la nuit,
des troïkas (1) couraient avec rapidité. Par instants, un cri, une parole brève, s'échangeaient
entre ceux qui les occupaient.

Notre cavalier jugea prudent de modérer l'allure de son cheval, qu'il avait mené jusque-
là d'un train d'enfer. Une calèche passa près
de lui :

— Holà ! cria-t-il au maître du véhicule,
que signifient ces bruits sur la mort du czar ?

— Un vent de steppe ! répondit l'homme in-
terpellé, aussitôt emporté par son rapide attelage.

On nomme vent de steppe un de ces tour-
billons qui, — subitement et sans cause appa-
rente, — s'élèvent dans les immenses steppes de
la Russie orientale et les parcourent, en un
clin-d'œil, d'un bout à l'autre. Cette locution
s'emploie, par métaphore, pour exprimer une
nouvelle vague, indéterminée, dont on ignore
la source.

Plusieurs fois l'inconnu répéta sa question,
et toujours il reçut une réponse, sinon semblable, du moins équivalente.

(1) Voitures légères à trois chevaux.

Il avait fait reprendre le galop à sa monture; le brave et impétueux coursier dévorait l'espace. Soudain il se cabre, hennissant; d'autres hennissements lui répondent, et bientôt son maître se trouve en face de quatre cavaliers dont il put distinguer, à la faveur d'un rayon de lune glissant à travers les vapeurs, le riche costume et les chevaux de prix. Ils causaient avec animation; mais la vitesse du coursier venant à leur rencontre et la mise étrange de celui qui le montait, semblèrent attirer toute leur attention.

— Cavalier, dit l'un d'eux en faisant cabrer son cheval en travers de la route, vous devez être pressé à en juger par votre allure.

— Mission particulière auprès de l'Empereur! répondit laconiquement le voyageur.

— En ce cas, eussiez-vous des ailes, vous arriverez trop tard.

— Il est donc vrai : le czar a cessé de vivre?

— La chose est à peu près certaine, car personne n'est plus admis dans le palais.

— Et on n'en sait pas davantage?

— Non. Les gardes vous répondront même que l'Empereur est vivant.

— Alors?

— Alors c'est la preuve que tout est fini pour le czar Alexandre. Seulement, comme d'habitude en pareil cas, on veut cacher sa mort afin de préparer l'avènement de son successeur.

— Pour moi, je ne saurais douter du fait, dit un autre des cavaliers : on a mandé hier en toute hâte les deux grands-ducs, qui étaient retournés à Pétersbourg ; et, à l'heure actuelle, ils confèrent avec l'impératrice-mère. Personne n'ignore que le règlement de la succession à l'empire soulève d'énormes difficultés.

— Enfin je ne vois en tout cela que des suppositions encore, fit l'étranger.

— Oui ; mais des suppositions qu'on peut regarder comme des réalités, déclarèrent les quatre seigneurs.

— N'importe, reprit l'inconnu comme se parlant à lui-même ; je tiens à savoir par moi-même si je puis, oui ou non, remplir ma mission.

— Bonne chance donc ! Je regarderai comme un miracle que vous réussissiez seulement à franchir une des portes du palais.

Et ils se quittèrent en échangeant un salut courtois.

Un instant après, l'étranger pénétrait dans le village impérial, — telle est la signification du mot *Tzarskoé-Sélo*, — et, devant le palais, descendait de son cheval couvert de sueur et d'écume.

— Défense d'entrer! cria l'un des chevaliers-
gardes à l'inconnu.

— Quoi! pas même pour le service de l'Empereur?

— Non : notre consigne est absolue, et il
nous est interdit de la violer. La vie du czar
est en danger, et on lui a prescrit le repos le
plus complet. Ainsi, au large!

— Je ne me retirerai pas, s'écria l'inconnu.
Si l'Empereur a encore un souffle, sa vie dépend de l'accomplissement de ma mission.

— Impossible! répliqua le soldat, qui dirigea
la pointe de son arme contre l'importun visiteur.

— Place! insista résolûment le voyageur.

En même temps, deux pistolets brillèrent dans
ses mains.

— Arrière, traître! commanda le chevalier-
garde en armant son mousquet.

— Un coup de pistolet répondit à cette démonstration. Le soldat chancela et tomba en
appelant :

— A moi, camarades!

La porte qu'il défendait s'ouvrit; plusieurs
gardes parurent; mais l'étranger s'élança, cul-
buta tout ce qui s'opposait à son passage, et
bondit au milieu de la cour du palais impérial.

Étourdis un instant, les soldats revinrent
sur leurs pas, ivres de fureur en brandissant

leurs armes; ils eussent massacré sur-le-champ l'étranger, si leurs cris et la détonation du pistolet n'avaient, en même temps, attiré la plupart des officiers du palais. En un clin d'œil, l'auteur de ce tumulte fut saisi et entraîné dans une antichambre. A toutes les questions, il opposait cette unique réponse :

— J'ai une mission d'où dépend la vie de l'Empereur.

On le mena aux grands-ducs Nicolas et Michel, qui se trouvaient dans la demeure impériale.

Mais, avant de rendre compte de l'entrevue, nous devons décrire l'état de désolation où était plongée la résidence des czars.

Quelques semaines auparavant, ce palais somptueux, séjour préféré de l'empereur Alexandre Ier, était le théâtre de fêtes brillantes par suite du mariage du plus jeune frère du czar, le grand-duc Michel, avec la princesse Charlotte de Wurtemberg. Selon l'usage de la cour de Russie, la princesse, à son entrée dans la famille impériale, embrassa la religion orthodoxe, en même temps qu'elle échangeait son nom contre le nom d'Hélène et le titre de *Paulowna* (fille de Paul). Au milieu de ces pompeuses cérémonies, le czar fit des efforts inouïs

pour paraître gai , et il se fatigua excessive-
ment. Au bout de quelques jours, il lui vint un
mal à la jambe, — un érésipèle, — qui sembla d'a-
bord n'avoir aucune gravité ; mais bientôt l'in-
flammation gagna tout le corps. Le mal se
compliqua d'une fièvre violente et d'un trans-
port au cerveau. Les médecins du monarque
ne tardèrent point à regarder sa situation
comme désespérée.

Sans nous occuper de l'interprétation donnée
par le peuple à la maladie terrible qui frappait
Alexandre, nous constaterons que ses proches
en furent accablés. Ce prince était doué de qualités aimables : sa mère, ses frères, tout son entourage éprouvaient pour lui un attachement
profond, et ne pouvaient supporter l'idée de le
perdre. C'est précisément là ce qui explique
l'acte de témérité commis par le cavalier inconnu.

Dans la salle où nous l'avons laissé , les
grands-ducs étaient absolument seuls. On lui
avait enlevé son manteau. Il était d'une taille
élevée, de formes robustes. Cet étrange personnage portait de gros favoris châtains comme
ses cheveux ; ses traits bistrés, empreints de
fierté, respiraient une dureté paraissant résul-
ter du travail et de la souffrance.

En ce moment, il était silencieux, et les

grands-ducs examinaient avec une attention extrême deux toutes petites fioles que le messager avait tirées d'un sac suspendu à son cou. L'une et l'autre contenaient un liquide différent seulement, à première inspection, par la nuance des couleurs : l'un avait une teinte violacée; l'autre était d'un rouge tirant sur l'orange.

Après avoir examiné ces flacons, les deux princes se consultèrent du regard, et leurs yeux exprimaient une médiocre confiance. Ils ne s'étaient pas communiqué autrement leurs impressions, quand la portière de l'appartement se souleva, et laissa voir une femme déjà âgée, Marie Fédorowna, l'impératrice-mère.

— Quel est ce bruit? demanda-t-elle, et pourquoi trouble-t-on les derniers moments de l'Empereur? Quel est cet étranger? Que veut-il?

— C'est une aventure étrange, madame, s'empressa de répondre le grand-duc Nicolas : cet homme se prétend l'envoyé de l'un des plus saints *schimniks* de l'empire, afin de guérir notre frère.

— Quel est ce schimnik? interrogea l'Impératrice; à quelle *laure* appartient-il? et quelle preuve donne-t-il de l'authenticité de sa mission?

— Il vient de la part du schimnik de Saint Alexandre-Newski, assure-t-il,

— Je ne connais, à ce couvent, aucun saint de ce genre.

— Cependant, dit le prince Michel, cet homme possède une cédule visée par l'archimandrite Séraphim.

— S'il en est ainsi, repartit l'Impératrice, je croirai plus volontiers à sa mission, car Séraphim est trop éclairé pour admettre qui que ce soit à la légère, dans son saint monastère.

Marie Fédorowna se fit en même temps donner le papier, le vérifia avec beaucoup de soin, et le rendit à l'étranger en déclarant qu'elle ne doutait pas de son authenticité.

Le grand-duc Nicolas, montrant les flacons, dit à sa mère :

— Voici le remède envoyé par le schimnik; il prétend qu'il guérira infailliblement l'Empereur. Nous est-il permis de risquer cette épreuve ?

Il y eut une conférence de quelques minutes entre les princes et leur mère. Ils parlaient de conspiration, d'empoisonnement, et rappelaient d'autres événements tragiques dont la famille des Romanof avait été victime. Enfin l'impératrice-mère l'emporta en déclarant que l'état du czar étant considéré comme désespéré par les médecins, il ne pouvait arriver de plus grand malheur que celui auquel on ne voyait pas moyen de se soustraire. Il fut donc convenu qu'on administrerait la nuit même, au malade, la potion envoyée par le schimnik.

Le contenu des fioles fut mélangé et préparé suivant les instructions transmises, dans les plus minutieux détails, par le message. On convint d'éloigner les médecins, qui se seraient certainement opposés à l'expérience.

Avant de se rendre auprès de l'Empereur, les deux grands-ducs firent conduire l'étranger en lieu sûr, en l'avertissant qu'un châtiment exemplaire l'attendait, si le mieux ne justifiait point ses promesses. Mais l'inconnu ne trembla point; il ne cessa pas un instant de témoigner une confiance sans bornes dans l'efficacité du remède. A peine dans la cellule qu'on lui avait donnée, il s'endormit paisiblement, après avoir demandé seulement qu'on prît soin de son cheval.

Est-ce une illusion, un fantôme que ce cavalier sombre (page 21)

II. — A ORANIENBAUM

Le lendemain soir, une autre scène se passait dans une direction tout opposée, sur le chemin d'Oranienbaum dont les nombreux clochers découpent d'une façon bizarre le fond de l'horizon.

Mais est-ce une illusion, un fantôme que ce cavalier sombre, fendant l'espace sur un coursier noir comme la nuit, rapide comme le vent? Non, en vérité, le rêve, l'hallucination ne sont ici pour rien: cheval et personnage sont bien une réalité, ils ont chair et os ; ce sont ceux-là mêmes qui brûlaient hier la route du *Bourg impérial*.

Le cavalier, abandonnant la voie publique, se jette dans une avenue admirablement plantée, et s'arrête à la grille d'une fastueuse demeure à laquelle aboutit la vaste allée. Il met pied à terre, parle à des gardes armés ; la grille s'ouvre, on l'introduit, et pendant qu'on emmène son cheval, on le conduit à travers les avenues d'un parc magnifique.

Tout au fond, dans l'allée la plus solitaire, une femme est assise. Un peu plus loin, dans un rond-point, quelques dames causent à voix basse mais paraissent attentives aux mouvements de la femme isolée, et prêtes à obéir à son premier ordre.

C'était vers cette dernière que se dirigeait l'étranger. Elle semblait âgée de quarante-cinq ans environ ; son port et sa démarche étaient nobles, gracieux ; ses traits, à la fois doux et agréables, avaient dû être d'une grande beauté. Les derniers rayons du soir, éclairant sa physionomie, lui donnaient une teinte de tristesse inexprimable, que faisait encore ressortir la couleur sombre de ses vêtements. Son regard, habituellement baissé, reflétait la même mélancolie ; cependant il brillait parfois d'un

éclat indiquant une sensibilité d'âme singulière.

A voir cette femme humble et modeste, personne ne se fût douté qu'elle partageait le trône
de l'un des plus puissants princes de l'Europe ;
c'était pourtant l'épouse d'Alexandre Ier, l'Impératrice régnante de toutes les Russies.

Qu'on nous permette d'ajouter tout de suite
quelques mots au sujet de cette princesse ; ils
serviront en même temps à expliquer sa situation présente et la scène rapide qui va se passer
sous les ombrages de ce parc impérial.

La czarine Elisabeth Alexiowna, née le 25
janvier 1799, à la cour de Bade, dont son père
était grand-duc, avait reçu les noms de Louise-
Marie-Augusta. A l'âge de quinze ans, sur le
désir de Catherine II, elle avait été amenée à
Pétersbourg avec sa sœur aînée, et la comtesse
Schouwalof les avait présentées au palais.
L'Impératrice voulait faire épouser l'une de
ces princesses à l'aîné de ses petits-fils. Ce fut
la cadette que choisit le grand-duc Alexandre.

Ce mariage, célébré le 9 octobre 1793, parut
le mieux assorti qu'on eût encore vu dans les
régions officielles, et on lui présageait le plus
heureux avenir. Les deux époux, jeunes, beaux
l'un et l'autre, possédaient, en outre, les plus
aimables qualités. La nouvelle grande-duchesse

surtout, joignait, — disent les historiens du temps, — à des mœurs élégantes et pures, de l'esprit, des talents, des goûts dignes de son rang, enfin un caradtère plein de douceur, de modestie et de dévouement.

D'une inépuisable charité, elle cachait ses bienfaits avec autant de soin que d'autres en mettent à les publier. Simple dans ses goûts, ennemie de l'ostentation, elle recherchait la retraite qu'elle embellissait par l'étude, la culture des arts, la pratique de toutes les vertus.

Et cependant, malgré les brillantes promesses de cette union, le résultat trompa toutes les espérances ; il y en eut peu de moins heureuse.

Peut-être devrait-on blâmer Elisabeth de n'avoir pas su conserver l'affection de son frivole époux, en se pliant davantage à cette mobilité d'esprit, à ce besoin de faste, à cette pompeuse vanité qui faisait le fond du caractère d'Alexandre.

Et puis, il faut ajouter aussi que le couple impérial avait été unis trop jeune. Après ce mariage, l'impératrice Catherine n'avait point encore affranchi son petit-fils des maîtres qu'elle lui avait donnés, ni de la surveillance souvent tyrannique qu'elle exerçait sur lui, sous prétexte de développer son éducation.

L'inconstance de sa nature et l'attrait des

plaisirs entraînèrent Alexandre. Elisabeth, délaissée, écouta trop peut-être sa fierté blessée. Bien qu'elle aspirât par-dessus tout à un rapprochement, elle omit d'en rechercher les occasions. Cédant à sa douleur, elle essaya de lui donner le change en se livrant de plus en plus à l'étude et aux pratiques d'une bienfaisance intarissable.

Ce fut elle qui fonda et garda sous son patronage l'Institut patriotique destiné à recueillir et à élever les jeunes filles d'officiers pauvres, que le sort des armes avait rendues orphelines. Il serait long de citer tous ses actes charitables et les œuvres utiles créées par elle, qui la firent chérir du peuple russe. Elle puisait dans sa sollicitude pour les malheureux, les consolations dont son pauvre cœur avait tant besoin !

Beaucoup d'infortunés, remplis de vénération pour les hautes vertus de la princesse, l'appelaient *la sainte d'Oranienbaum*, parce qu'elle habitait ordinairement la résidence impériale située près de cette ville et d'où partaient la plupart de ses bienfaits. Telle était l'impératrice Elisabeth.

Le messager l'aborda avec le double respect dû au rang et au malheur.

— Madame, dit-il, avant que je n'expose le sujet qui m'amène ici, Votre Majesté me permettrait-elle de faire un appel à ses souvenirs ?

— Volontiers, répondit Elisabeth, bien que je ne sache pas vous avoir jamais vu.

— Cela est vrai, madame ; je vous suis totalement inconnu. Mais peut-être Votre Majesté n'a-t-elle pas oublié un saint homme, recueilli par vous, il y a deux ans, dans ce palais même.

— Le pèlerin de Milivesch (1).

— Lui-même, Madame. Il se mourait sur le grand chemin ; une nuit affreuse approchait, et il n'espérait pas voir le jour suivant. On l'eût laissé périr là, s'il n'eût existé, dans cette demeure impériale, un ange qui l'alla chercher, le fit emporter et le soigna de ses propres mains.

— En effet, le bon pèlerin était bien malade, dit Elisabeth en souriant.

— Il ne doit sa guérison qu'à vous, madame, et il en a gardé fidèle mémoire.

— Il vit encore, ce saint homme ? Où est-il donc, maintenant ?

— A la laure de Saint-Alexandre Newski, dont il est regardé comme le schimnik.

— Tant mieux ! le monastère ne trouvera nulle part un cénobite plus vertueux.

— Votre Majesté a donc daigné garder dans

(1) Lieu de pèlerinage renommé de Finlande.

son cœur le souvenir des conseils du pèlerin?

— Certainement. Toutes ses paroles étaient nobles et sages; mais, hélas! je dois avouer que je n'ai point encore trouvé la force de mettre en pratique ses pieux avis.

— L'occasion vous a sans doute manqué, madame; mais le pèlerin de Milivesch a tenu les promesses qu'il vous fit en vous quittant. Depuis, il a jeûné, prié, vécu dans les austérités, visité les sanctuaires les plus reculés et les plus célèbres.

— Quel admirable personnage! murmura l'Impératrice.

— Madame, reprit l'étranger, le schimnik de Saint-Alexandre-Newski croit avoir enfin réussi à rendre le ciel favorable à vos vœux; il pense que le moment de la réunion tant désirée approche.

A quelle réunion le messager faisait-il allusion. Nous le dirons plus tard. L'Impératrice, à ces mots, soupira profondément et leva au ciel ses yeux chargés de supplications.

— Madame, ajouta l'étranger en changeant subitement de ton, il vous faut quitter cette résidence. J'arrive de Tzarskoé-Sélo ; un devoir pressant vous appelle auprès de l'Empereur.

— M'a-t-il demandée? s'écria Elisabeth, qui prouvait que, plus constante dans ses sentiments que son mari, elle n'avait jamais cessé de l'aimer.

— Non ; mais le czar est malade.

— Malade! sérieusement?

— Il a été aux portes de la mort; mais que Votre Majesté se rassure, poursuivit l'étranger, il doit être à cette heure hors de tout péril.

— Dites-vous vrai? mais quoi! Alexandre était malade et on ne m'avertissait pas?

— La maladie n'était pas alarmante tout d'abord; elle s'est brusquement aggravée; on espérait toujours la vaincre, et il est probable qu'on redoutait de vous effrayer.

— On prend parfois trop de soin de ma tranquillité, fit Elisabeth avec amertume.

Et les pleurs jaillirent de ses yeux.

Les dames de sa suite, qui observaient cette scène à distance, accoururent en voyant l'émotion de leur maîtresse.

— Mesdames, leur dit Elisabeth en essuyant ses larmes, je pars ce soir même pour Tzarkoé-Sélo; veuillez faire tout préparer.

Puis, se retournant vers le messager, elle ajouta plus bas :

— Tous les miens sont contre moi. Je vous remercie de m'avoir prévenue. Je devine que c'est le saint moine qui vous a envoyé.

— Votre Majesté a deviné juste.

— Témoignez-lui toute ma reconnaissance. Mais est-il bien sûr que l'Empereur soit sauvé?

— Tout danger, Madame, doit avoir disparu si les remèdes du savant schimnik de Saint-Alexandre-Newski ont quelque vertu.

— Est-ce donc que le czar a reçu les soins du pèlerin de Milivesch?

— Pas précisément, bien que l'intervention du saint homme se soit exercée en cette circonstance. Mais, Madame, à Tzarskoé-Sélo, beaucoup mieux qu'ici, vous aurez tous les détails que vous désirez. La nuit s'épaissit : que Votre Majesté ne trouve pas mauvais que je la presse de partir. Une fois près de l'Empereur, il est à espérer que bientôt ce qu'il vous a promis se réalisera.

Et, sans donner le temps à la princesse de lui adresser d'autres questions, le messager prit congé d'elle et se perdit dans l'ombre.

Le jour suivant, l'Impératrice était à Tzarskoé-Sélo. La surprise que causa son arrivée subite et imprévue, fut considérablement atténuée par la joie qu'on éprouvait de la tournure favorable que la maladie d'Alexandre avait prise depuis la veille. Les médecins, si prompts à le condamner, le déclaraient maintenant hors de danger et lui promettaient un prochain et complet rétablissement.

Les grands-ducs et leur mère attribuaient naturellement l'heureuse issue de la terrible crise à la potion apportée par le mystérieux cavalier. Le médicament avait aussitôt provoqué de l'amélioration.

Ils mandèrent l'étranger, afin de le consulter, de l'interroger ; mais on leur apprit que sa cellule était vide et que son cheval avait également disparu. Il est vrai d'ajouter que l'espoir de conserver le czar avait produit une telle joie parmi ses serviteurs, qu'il en était résulté du trouble dans le palais et quelque relâchement dans la discipline. L'étranger avait-il profité de cette circonstance pour s'échapper, ou avait-il choisi un autre moment? nul ne pouvait le dire. La singularité de cette affaire décida l'impératrice-mère et les grands-ducs à la tenir secrète. On laissa croire que la guérison du malade était due aux médecins et au robuste tempérament du prince, de sorte qu'Alexandre n'eût pu apprendre la cause de son salut que par les indiscrétions de son entourage.

Quant à Elisabeth, si elle n'avait déjà possédé là-dessus quelques données, elle fût restée dans une complète ignorance. Mais, grâce aux communications reçues à Oranienbaum, elle ne tarda point à être à peu près complètement renseignée.

Le flot déborda ensevellissant les différents quartiers (page 37)

III. — L'OURAGAN

Nous prions le lecteur de se transporter, par la pensée, à Pétersbourg, la capitale des czars, deux mois et demi après les faits racontés précédemment. On est au 19 novembre. Mais avant d'aller plus loin, il ne sera pas inutile d'entrer dans quelques détails pour expliquer le terrible phénomène qui devait s'accomplir ce jour-là.

Ce qui fait la beauté de la ville moscovite, c'est moins, comme l'a dit un historien, la splendeur de ses palais, le faste de ses temples, l'alignement régulier, à perte de vue, de ses larges voies flanquées de trottoirs et parfois bordées d'arbres, que le superbe fleuve sur lequel on l'a bâtie, qui, à vrai dire, est l'unique motif de sa création. En effet, il ne suffisait pas à Pierre Ier d'avoir un port du côté de l'Europe, il fallait encore que le port fût en communication avec l'intérieur et pût devenir facilement l'entrepôt général des produits de la Russie.

Or, la Néwa offrait cette communication, pour peu qu'on lui vînt en aide et que, par des ouvrages hydrauliques, on lui réunit plusieurs cours d'eau intermédiaires entre elle et le Volga, cette artère principale du pays qu'il traverse, dans les trois quarts de sa longueur, pour aboutir à la mer Caspienne.

Ces travaux, commencés par Pierre lui-même, furent étendus et perfectionnés par ses successeurs; et aujourd'hui, cette immense ligne navigable est constamment couverte, pendant les quatre mois de l'été, d'un amas de barques portant à Pétersbourg des denrées et des marchandises de toute espèce.

Vers son embouchure dans le golfe de Finlande, la Néwa, qui n'est autre chose qu'un écoulement du lac Ladoga, forme comme un petit archipel dont les dernières îles sont celles de Kronstadt (1), sur le golfe même où est le port militaire, et où les navires marchands, d'un trop grand tirant d'eau, sont obligés de s'arrêter.

C'est sur les îles marécageuses, situées à environ six lieues plus haut, que s'élève la moderne capitale des Moscovites.

Son ensemble respire une certaine grandeur ; mais elle repose sur un sol privé de consistance, où la pierre de construction est rare ; la brique et le plâtre — si peu propres à résister à l'âpreté du climat — ont dû la remplacer dans tous les édifices auxquels le granit ne pouvait pas prêter son inattaquable solidité.

Bordé de quais magnifiques, où il n'est entré d'autres matériaux que cette roche primitive, le large fleuve traverse majestueusement la ville ; et ses bras, dirigés à droite et à gauche, enserrent en outre des quartiers populeux. Là, les îles, dont quelques-unes, couvertes de charmantes villas, n'appartiennent plus à l'enceinte municipale ; ici, deux espaces semi-circulaires qui en sont, au contraire, le centre, surtout celui de l'intérieur où se groupent, sur une immense place, l'Amirauté, le Palais d'Hiver, la cathédrale de Saint-Isaac, la statue équestre

---

(1) Kronstadt est, pour nous, un nom désormais inoubliable.

de Pierre Iᵉʳ, montée sur son rocher d'un seul bloc, et la colonne d'Alexandre-Newski, taillée dans une masse énorme de granit de Finlande.

Les bras de la rive gauche, la Moïka et la Fontanka, — canaux artificiels qui ont dû servir d'abord au desséchement du terrain, — rentrent dans le lit même du fleuve, après avoir décrit de ce côté-là trois demi-cercles concentriques. Pareillement encaissés dans des quais de granit, le long desquels s'alignent des maisons souvent somptueuses, ils ajoutent à la beauté des aspects sans toutefois égaler celui de la Néwa principale.

Cette dernière offre un spectacle d'un effet grave et imposant : ouvrant un vaste panorama, elle roule son eau abondante au pied des édifices les plus splendides ; en face de l'admirable grille du Jardin d'Été, s'élève la silencieuse forteresse avec sa cathédrale dont le clocher, de forme hollandaise, se termine en une aiguille dorée ; un peu plus loin, la Bourse, ayant à ses côtés deux colonnes rostrales ; puis, l'Académie des Sciences et celle des Arts ; et, sur la rive opposée, la façade postérieure du vaste palais d'Hiver et la brillante ligne de maisons du quai anglais où le haut commerce, — en grande partie étranger, — a établi son quartier général.

— Voilà ce que Pétersbourg doit à la Néwa.

Mais si ce fleuve fait le principal ornement de
la ville, il en est malheureusement aussi l'irré-
conciliable ennemi. Son embouchure, tournée
vers l'ouest, est ouverte aux ouragans qui, dans
le golfe de Finlande, accompagnent ou suivent
l'équinoxe d'automne. Ils refoulent subitement
les eaux du golfe dans le lit du fleuve ; et alors
celui-ci se gonfle, mugit, déborde des quais de
granit et envahit les quartiers bas des deux ri-
ves. On se figure les ravages que ces flots dé-
chaînés produisent dans une ville bâtie sur un
marais desséché, à la veille d'un hiver glacial
qui dure sept mois de l'année.

On prétend que Pierre Ier, quoique averti,
n'en persista pas moins dans son entreprise.
Voici ce qu'on raconte à ce sujet :

Il avait déjà jeté dans ces marais de l'Ingrie
une partie des fondements de sa nouvelle ville,
lorsqu'il aperçut, par hasard, un arbre marqué
à une certaine hauteur, d'une entaille dans son
tronc. Il fit approcher un paysan finnois, et lui
demanda ce que pouvait signifier cette marque.

— C'est la hauteur à laquelle est montée l'i-
nondation dans l'année 1680, répondit ingénu-
ment l'homme du pays.

— Tu en as menti, s'écria le czar avec impétuosité; ce que tu dis est impossible.

Et, de sa propre main, il coupa l'arbre; heureux si, du même coup, il eût pu, à tout jamais, réprimer la révolte des éléments; mais le fleuve ne changea pas pour cela ses habitudes.

Cependant, le hasard voulut que, du vivant de Pierre, il respectât la nouvelle création. Mais il n'en fut pas toujours ainsi.

Le 19 novembre de l'année où commence l'histoire que nous racontons, fut témoin d'un effroyable cataclysme causé par la Néwa. Les grands vents de l'équinoxe d'automne régnaient depuis plusieurs jours avec une extrême violence; les cheminées, les pans de murs, les toitures abattues par la tempête, jonchaient les rues; les arbres avaient été déracinés dans la campagne, des barques coulées dans les flots ; le fleuve, enflé par les dernières pluies, élevait parfois ses vagues jusqu'au niveau des quais.

Cependant, tout cela n'était rien, comparé au désastre qui allait frapper la ville. La violence du vent s'était accrue durant la nuit qui précéda la funeste journée. A quatre heures du matin, une maison, située dans les bas quartiers, s'écroula sous les efforts de l'ouragan qui, à la pointe du jour, avait acquis une intensité qu'on ne croyait point pouvoir être dépassée. Les habitants se tenaient soigneusement renfermés dans leurs maisons; dans les rues inondées et semées de débris, on ne voyait pas une âme.

Le vent alors, sautant de l'ouest au sud-ouest, souffla avec une fureur inconnue jusque-là ; le fracas de la tempête était tel qu'il était impossible de rien entendre, ce qui explique comment la ville se trouva tout à coup submergée sans qu'aucune précaution eût été prise. En un instant, le flot déborda de tous côtés, ensevelissant les différents quartiers sans que le canon de l'Amirauté, — qui tonnait depuis une demi-heure, sans réussir à dominer l'épouvantable rugissement de l'ouragan déchaîné, — pût prévenir cette horrible surprise.

Le czar et ses compagnons, sont sauvés de ce danger (page 45)

IV. — ENCORE L'INCONNU.

A neuf heures du matin, Pétersbourg présentait le spectacle le plus effrayant, le plus lamentable qu'il soit donné de contempler après celui de l'incendie d'une grande cité. Les eaux du fleuve, refoulées vers leur source par la direction du vent, remontaient toujours, débordant à grands flots avec un bruit formidable; elles envahissaient les maisons, inondant les rez-de-chaussée, s'élevant dans quelques endroits jusqu'au premier étage, emportant tout ce qui s'opposait à leur passage : hommes, chevaux, voitures, étalages, meubles, portes, fenêtres. On n'entendait partout que des cris de désolation, des hurlements de désespoir; on ne voyait que des visages effarés, des personnes cherchant un refuge sans pouvoir en rencontrer qui leur offrît complète sécurité.

Un messager, envoyé par le gouverneur de Kronstadt, pour avertir la population de Pétersbourg du péril qui la menaçait, avait été devancé par le fléau, et il n'avait pu arriver à temps. Bien qu'il suivît la chaussée la plus élevée menant à la capitale, il eut toutes les peines du monde à gagner la ville. A certains endroits, son cheval avait de l'eau jusqu'au-dessus du poitrail.

Arrivé avec d'extrêmes difficultés à Pétersbourg, son récit ne fit qu'accroître les alarmes, car il annonça aux habitants qu'ils n'avaient subi encore que le moindre choc des eaux. A son départ de Kronstadt, la Néwa offrait le plus terrible spectacle dont on eût été témoin de mémoire d'homme : la place entière était submergée; et pour donner une idée de l'impétuosité de l'inondation, le courrier rapportait qu'un vaisseau de ligne avait été lancé par-dessus les habitations, jusque sur le marché. Les campagnes qu'il avait traversées, disparaissaient sous les eaux.

Bientôt les habitants de Pétersbourg furent à même de constater que le messager n'exagérait pas.

Les flots de la Néwa, s'ammoncelant sans cesse en amont, arrivèrent chargés de cabanes parfois encore remplies de leurs maîtres appelant au secours, de croix arrachées aux cimetières, d'amas de bois de construction ou de chauffage, de débris accumulés de toute nature, de chevaux et autres animaux domestiques s'épuisant à lutter contre le torrent, de barques sombrant sous le poids des malheureux passagers qui cherchaient inutilement un port d'abordage où sécher leur corps transis de froid.

A ces maux s'ajoutèrent les ravages que les vagues, montant incessamment, exerçaient sur la ville impériale elle-même. Elles emportaient les ponts jetés sur le fleuve; arrachaient du sol, dans les faubourgs, une multitude de petites maisons en bois en les entraînant au gré du courant, la plupart du temps avec leurs habitants.

Tandis que le fléau accomplissait son œuvre destructive, nul ne semblait songer à le combattre. La surprise avait été si grande que les

autorités, — ressource suprême du peuple russe
en pareille occurence, — n'avaient eu ni le loisir
ni les moyens d'organiser le sauvetage. D'ailleurs, on attendait l'initiative du czar ou de la
famille impériale. Or, beaucoup de personnes
croyaient le monarque absent de sa capitale, ce
qui contribuait encore à augmenter le désespoir.

Alexandre, en effet, presque aussitôt après
son rétablissement, était parti pour un de ces
longs voyages qu'il avait l'habitude d'entreprendre fréquemment, soit par goût, soit par
nécessité. Cette fois, il avait poussé son excursion à une distance immense, jusqu'au
steppe des Kirghises, à plusieurs milliers de
werstes de Pétersbourg.

Cependant, bien que le plus grand nombre
l'ignorât encore, il était revenu de sa tournée
depuis deux jours, et il se trouvait au palais
d'Hiver, lors de cette funeste inondation.

La résidence impériale ayant été une des
premières atteinte par les eaux, dans ce quartier de la ville, le czar fut bientôt comme as-
siégé par les flots. Il courut au balcon donnant
au nord, sur la Néwa, où il fut immédiatement
rejoint par tous les membres de sa famille
présents au palais; et la plûpart d'entre eux
versèrent des larmes en présence de la désola-

tion immense régnant de toutes parts. Le czar surtout paraissait désespéré; il se tordait les mains de douleur, et levait les yeux au ciel pour invoquer l'assistance divine.

Puis, jugeant avec raison l'inutilité de ces marques de douleur, il manda en toute hâte, auprès de sa personne, des hommes résolus, à qui il donna ses ordres afin d'organiser de prompts secours dans toutes les directions. Ensuite, malgré les prières des siens, il se jeta lui-même dans une chaloupe, prescrivant qu'on le conduisît aux endroits les plus maltraités ou les plus menacés.

L'Empereur, assurément, fit preuve de dévouement en ces circonstances, car il courut les plus grands périls. Dans une rue où l'eau roulait avec la violence d'un torrent, atteignant presque la hauteur d'un premier étage, plusieurs bateaux, montés par des hommes courageux, s'occupaient activement au sauvetage des nombreux habitants d'une maison qui menaçait ruine. L'opération était pleine de dangers, car, outre la rapidité du courant, on voyait osciller de temps à autre l'habitation, et il y avait lieu de craindre qu'une secousse plus forte ne la renversât sur les braves sauveteurs.

Malgré l'imminence du péril, le czar fit approcher sa chaloupe et donna lui-même quel-

ques ordres utiles. Il remarqua beaucoup et
désigna à sa suite un homme qui, par sa force
physique, sa rare adresse, son habileté, son
courage et surtout son admirable sang-froid,
s'imposait aux autres travailleurs comme leur
chef.

Quand tous les habitants de la maison furent
en sûreté, cet homme n'hésita point à rentrer
dans l'édifice à demi écroulé pour y chercher un
enfant oublié, qu'il eut le bonheur de rapporter
sain et sauf. Comme le czar lui adressait haute-
ment des paroles de félicitations, un lourd ma-
drier heurta violemment l'embarcation impériale et faillit la faire chavirer. Au même moment,
la maison s'abîma dans un immense fracas, au
milieu d'un tourbillon de poussière.

Lorsque ce nuage aveuglant fut dissipé, la
chaloupe impériale voguait au large, à quelque
distance, suivant le courant et rasant presque
les maisons. Un canot, merveilleusement dirigé, quoique monté par un seul homme, suivait
tous ses mouvements. La chaloupe changeait-
elle de route, le canot l'imitait aussitôt ; virait-
elle de bord, le canot répétait cette manœuvre,
s'arrêtant également dès que la barque du czar
demeurait immobile. Ce manège dura quelque
temps.

Soudain, l'embarcation impériale, emportée

comme une plume par la violence des flots,
résista complétement à la manœuvre; le gou-
vernail cassé, les rames devenues inutiles, elle
fut en quelques minutes le jouet des vagues,
qui se précipitaient tout autour en bouillonnant.
Pour comble de malheur, un énorme pilier, débris d'un édifice détruit, apparaît au milieu du
courant; la chaloupe, infailliblement, va se
briser contre cet écueil : l'Empereur est perdu;
encore deux minutes, et tout sera consommé.

En cet instant critique et solennel, le canot,
rapide comme une flèche, file le long de la chaloupe qu'il dépasse en courant droit sur la dangereuse pile; il l'atteint; une gerbe d'écume
jaillit, enveloppant le frêle esquif et celui qui le
monte; mais ce dernier reparaît presque immédiatement au sommet du pilier; du canot, il ne
reste pas un vestige. Sans perdre de temps, l'indomptable sauveteur, étreignant le pilier de ses
deux bras, s'affale le long de ce refuge jusqu'à
ce que ses pieds atteignent l'eau. Il semble
chercher un point d'appui et il attend. Quelques
secondes s'écoulent, et la chaloupe impériale
arrive droit sur le pilier; mais avant qu'elle ne
le touche, l'audacieux canotier projette tout son
corps en avant, s'arc-boutant seulement des
pieds contre la pile, saisit le bordage de la chaloupe, et, par un effort surhumain, arrête la

course périlleuse de l'embarcation qu'il lance vigoureusement à plusieurs pieds de l'écueil.

Le czar et ses compagnons sont sauvés de ce danger immédiat, mais leur libérateur a disparu sous les flots.

La chaloupe, après avoir été entraînée pendant une centaine de mètres encore, put sortir du courant devenu moins impétueux. Ceux qui la montaient, ayant réussi à l'amarrer, tournèrent aussitôt leurs regards, avec une anxiété poignante, vers le fatal pilier. Quelle ne fut pas leur surprise lorsqu'ils aperçurent, tout près de leur embarcation, l'homme qui s'était dévoué pour eux. Ils voulurent le secourir, mais avant que la chaloupe n'eût été détachée, l'inconnu, nageant vigoureusement, se trouva à portée d'être recueilli. On put le saisir et le déposer dans l'embarcation.

Malgré sa force athlétique, il était épuisé et resta quelques instants comme anéanti. Quand il fut revenu à lui, Alexandre lui adressa la parole :

— Me connaissez-vous? demanda le czar, savez-vous à qui vous avez sauvé la vie?

— A l'Empereur, répondit l'inconnu sans laisser percer ni trouble, ni émotion.

—Eh ! s'écria tout à coup l'un des officiers qui accompagnaient le monarque, si je ne me trompe, voilà l'homme qui força les portes du palais de Tzarskoé-Sélo, en cette nuit lugubre où nous tremblions tous si fort pour l'existence de Votre Majesté, et où elle trompa si heureusement les médecins en recouvrant la santé.

— Serait-il vrai? fit le monarque étonné.

— Parfaitement vrai, Sire? monsieur ne fait pas confusion, déclara le sauveteur d'une voix calme.

— Alors, je vous dois deux fois la vie, murmura le czar à l'oreille de son interlocuteur.

— A moi, Votre Majesté ne doit rien.

— Comment! rien.....

— Non, Sire, absolument rien : je ne suis que l'instrument d'un autre. C'est lui qui m'envoya naguère à Tzarskoé-Sélo, lui encore qui m'a ordonné d'exposer ma vie tout à l'heure pour sauver la vôtre. La preuve que je dis vrai, Sire, c'est que si j'avais obéi à mes sentiments personnels, je n'eusse pas même pris la peine de me mouiller les pieds pour préserver Votre Majesté du péril.

Alexandre, stupéfait plutôt qu'offensé de cette franchise hardie et brutale, reprit avec douceur :

— Quel est l'homme qui vous a donné mission de veiller sur mes jours?

— Je l'ai déjà indiqué au palais d'Eté; c'est un des plus saints schimniks que possède la Russie.

— Son nom ?

— Il n'en a pas.

— Il demeure dans la ville ?

— Oui, à la laure de Saint-Alexandre-Newski.

— Très bien, je m'en souviendrai. Mais vous, comment vous appelle-t-on ? Bien que vous affirmiez ne m'avoir point sauvé par dévouement pour ma personne, je vous dois néanmoins de la reconnaissance, et je désire vous prouver que je ne suis point un ingrat.

— Sire, rien de ce qui vient de vous ne saurait m'être agréable, et le nom d'un homme qui professe à votre égard de tels sentiments doit vous être parfaitement indifférent. Que Votre Majesté me permette donc de le taire.

— Et si j'ordonnais ?... fit Alexandre avec quelque hésitation.

— Je suis à votre discrétion, comme tout à l'heure vous étiez à la mienne. Toutefois, Sire, je tiens à vous en prévenir : la force ne m'obligera point à dire ce que je veux taire. Je me crois de trempe à résister même à l'homme qui commande à soixante millions d'âmes.

Ce fier langage, qui faisait sentir au czar le néant de sa puissance en face de la conscience humaine, appela un nuage sur son front.

— Etrange personnage, murmura-t-il, qu'il soit fait comme vous l'entendez ! Puisque vous refusez personnellement les témoignagnes de ma reconnaissanco, je les offrirai à celui dont vous vous prétendez l'organe. Souvenez-vous, cependant, que s'il vous plaisait de recourir à ma faveur, elle vous est assurée.

Sauf ces dernières paroles, ce dialogue n'avait point été saisi par l'entourage impérial, car il avait eu lieu rapidement, à voix basse ; et dès qu'ils avaient vu la tournure confidentielle de l'entretien, les courtisans s'étaient retirés à l'arrière de l'embarcation.

L'inconnu ne quitta point la chaloupe impériale qu'elle n'eût atteint la terre, bien que d'autres barques l'eussent accostée et lui fissent cortège ; il ne prononça plus un seul mot, et, d'autre part, il ne lui fut adressé aucune parole, excepté lorsque l'Empereur sortit de l'embarcation. Mais il ne répondit pas, et disparut avec une célérité singulière.

Tout le temps qu'Alexandre avait passé à parcourir la rue inondée, il s'était occupé de ranimer les courages abattus, stimulant le zèle des uns, consolant les autres, laissant partout les meilleures impressions.

Les eaux de la Néwa ne cessèrent de monter que vers les quatre heures du soir. Jamais on n'avait vu d'inondation pareille : en certains endroits, elle atteignait le second étage. Le flot se retira ensuite aussi rapidement qu'il était venu ; mais que de ruines et de douleurs il laissait derrière lui !

Pendant sa course au milieu de la ville submergée, l'Empereur avait lui-même distribué des secours, pourvu aux besoins les plus pressants ; mais cela ne suffisait pas, et il avait promis de faire davantage.

En effet, Alexandre s'imposa immédiatement des sacrifices considérables, et son exemple fut imité par toutes les classes riches ou aisées, qui souscrivirent plusieurs millions pour les victimes du fléau. Bien des pertes furent ainsi réparées, beaucoup de misères soulagées ; mais combien étaient nombreux ceux qui avaient péri ! On n'en put savoir le nombre ; toutefois il est certain que le chiffre des morts était supérieur à mille personnes. Dans le port des galères et dans les fabriques seulement, plus de cinq cents ouvriers avaient succombé.

D'ailleurs, les provisions pour l'hiver étaient détruites ; des valeurs de plusieurs millions, en sucre, chanvre, coton, laine, sel, etc., n'existaient plus ; beaucoup d'habitations se trouvaient hors de service.

Ajoutez à cela que le froid devint aussitôt très rigoureux ; et des milliers d'infortunés, sans toit, sans moyen de réchauffer leurs membres

glacés, erraient dans les rues jonchées de débris. Les maisons les plus solidement cons-
-truites restèrent imprégnées d'une humidité
saline et couvertes de cristallisations attestant
que la mer, avec le fleuve, les avait visitées
en ce jour néfaste. Les fondations étaient en
partie ébranlées, et si les eaux se fussent main-
tenues quelque temps à la même hauteur,
beaucoup d'édifices se seraient infailliblement
écroulés.

Pour comble de disgrâce, dit un historien, on
ne pouvait se dissimuler que le fleuve, déjà
plusieurs fois déchaîné contre Pétersbourg,
menaçait l'avenir autant qu'il avait compromis
le présent. Le péril, comme l'épée de l'ange
exterminateur, planait et plane encore au-dessus
d'une population heureusement distraite de
cette préoccupation par l'appât du lucre et des
honneurs, et qui ne s'en livre pas moins à toutes les dissipations d'une vie essentiellement
matérielle.

Le conducteur tira la corde de la cloche du couvent (page 53)

V. — VISITE IMPÉRIALE

En Russie, on donne le nom de laure (*lawra*) aux monastères, mais principalement à ceux qui ont été fondés par des saints grecs ou moscovites, ou qui possèdent des reliques.

Le plus célèbre de ce genre, à Pétersbourg, est celui de Saint-Alexandre-Newski. Il renferme, dans un magnifique temple, le tombeau du guerrier dont la ville a fait son patron. Ce pompeux mausolée, construit en argent massif et ciselé, ne pèse pas moins de mil huit cent kilogrammes. La laure d'Alexandre-Newski est de plus la résidence habituelle du métropolitain du diocèse de Pétersbourg, le premier fonctionnaire en cette ville, après l'Empereur, ce dernier étant, comme chacun sait, le chef suprême de l'Eglise moscovite.

Le vaste monastère d'Alexandre-Newski s'élève à l'extrémité de la rue la plus splendide de Pétersbourg, et il lui donne son nom. Cette voie longe quelque temps la Néwa, puis se détourne à gauche pour aboutir à la place de l'Amirauté, après avoir formé d'abord cette fameuse *Perspective Newski* d'une demi-lieue d'étendue.

En été, cette promenade est le rendez-vous de ce qu'on appelle la bonne société; l'hiver encore, cette rue est très fréquentée, surtout lorsque la glace du fleuve permet de traverser la Néwa en traîneau. Malgré le froid rigoureux, les courses se prolongent jusqu'à une heure assez avancée de la nuit.

La soirée dont nous allons parler faisait exception, ce qui, du reste, n'avait rien de surprenant, car c'était une des dernières de décembre, et les traces du désastre survenu le mois précédent n'étaient point encore effacées. On voyait donc peu de monde sur la *Perspective* ou sur le fleuve dont le pont de bateaux, emporté par l'inondation et enlevé d'ailleurs chaque année

au commencement des froids, n'avait point été
rétabli.

La nuit tombait, et les derniers promeneurs
se retiraient quand un traîneau, tiré par un seul
cheval et dirigé par un seul homme, déboucha
sur la place de l'Amirauté; il parcourut la voie
comme un trait, dans toute sa longueur, et ne
s'arrêta que devant une des portes de la laure
d'Alexandre-Newski.

Le conducteur, chargé d'épaisses fourrures
laissant apercevoir à peine le bout de son men-
ton, descendit du véhicule, attacha lui-même
son cheval à un anneau fixé dans le mur, et tira
vivement la corde de la cloche du couvent.

On ne vint ouvrir qu'au bout d'un temps assez long. Le portier commença par inspecter le
tardif visiteur ainsi que son attelage, et conclut
sans doute que le personnage qui se présentait
avait eu tort de le déranger, car il voulut refer-
mer la porte, alléguant l'heure avancée et la défense d'introduire personne au monastère en ce
moment.

Mais l'étranger, retenant la porte d'un bras
vigoureux, ordonna d'une voix impérieuse au
frère portier d'aller prévenir l'archimandrite, le
chef de la communauté, qu'un de ses amis par-
ticuliers désirait l'entretenir.

La taille puissante du visiteur, l'accent de sa

voix, la force physique dont il paraissait doué, imposèrent au moine beaucoup plus que tous les raisonnements, et cette considération le décida, plus que toute autre, à obéir sans réplique.

Un instant après, il revint prendre l'étranger et le conduisit dans une salle servant de parloir, où l'archimandrite, qui était en même temps le métropolitain de Pétersbourg, ne tarda pas à se présenter.

Le visiteur, une fois seul, avait découvert son visage et s'était dépouillé d'une partie de ses vêtements. En même temps, il avait pris place sur une espèce de trône élevé au fond de la salle, et servant au métropolitain en certaines occasions, lorsque, par exemple, il recevait son clergé.

L'archimandrite Séraphim, sous des dehors très vénérables, cachait beaucoup de vanité et d'ambition; son grand âge avait affaibli sa vue, de sorte qu'en mettant le pied dans la salle, il ne distingua pas bien les traits de son visiteur indiscret. Mais, le voyant assis à la place d'honneur, il montra une vive irritation. Il s'avança sans saluer, et se préparait à une admonestation sévère, quand l'étranger se levant, alla au-devant du métropolitain.

L'apparition de la tête de Méduse n'eût pas impressionné plus fortement l'archimandrite

que celle de la figure de l'Empereur, à quelques
pas de lui, en pleine lumière : il venait de reconnaître son chef spirituel et temporel, le dieu
des Russes sur la terre, le czar !

Il se prosterna, avec autant de servilité qu'il
se préparait tout à l'heure à montrer d'arro-
gance, et murmura :

— Votre Majesté ici ! à cette heure, sans suite
et sans nous avoir averti ! permettez, Sire, que
je donne des ordres pour vous recevoir digne-
ment.

— Non, non, interrompit Alexandre : gardez-
vous-en bien.

Et il ajouta, en le relevant :

— Je désire, vénérable Séraphim, que ma
présence ici, ce soir, demeure secrète.

— Quoi ! Sire, vous ne souffrirez pas même
que.....

— Non, rien : je viens à vous comme un ami à
son ami, laissant derrière moi les exigences du
rang, les pompes de la souveraine puissance.

Le métropolitain était trop bon courtisan
pour insister davantage. Il connaissait son czar
par cœur, bien qu'il n'eût avec lui, à son grand
chagrin, que de rares rapports ; il n'ignorait aucun détail du caractère et des habitudes d'Alexandre. Il savait que, depuis longues années,
l'esprit du czar avait revêtu une teinte de mé-

lancolie dont on ignorait absolument la cause.

Dans les derniers temps, cette tristesse avait pris un caractère plus intense, et l'Empereur avait essayé vainement de quelques moyens pour s'y soustraire. On avait vu l'autocrate descendre des régions élevées de son rang, aller s'asseoir au foyer de quelques mères de famille, pleines de charmes et de vertus, et là, exiger qu'on le traitât comme un hôte, comme un ami et non en souverain. Il s'était livré aux familières causeries du ménage, dissertant sur l'économie domestique, admirant l'ordre, la propreté, l'intelligence que plusieurs de ces maîtresses de maison faisaient régner dans leur intérieur, les moyens par lesquels elles obtenaient ces résultats que lui, disait-il, ne recueillait pas avec des légions de serviteurs et d'immenses dépenses.

Mais ces innocentes relations ne lui procurèrent qu'un soulagement de courte durée et qui ne fut pas sans amertume. Il ne tarda point à remarquer que des hommes estimables, habitués des maisons qu'il honorait de ses visites, s'abstenaient de les fréquenter, craignant soit d'être importuns, soit de passer pour courtisans ; tandis qu'au contraire, des parasites, flatteurs du pouvoir, des ambitieux, des solliciteurs, s'y introduisaient,

Alors, se sentant là aussi écrasé sous le poids de cette grandeur dont il eût voulu se débarrasser, il renonça au bonheur d'être homme avec les hommes, se renferma dans son palais, et s'abandonna de plus en plus à la tristesse et aux idées mystiques qu'il nourrissait depuis certaine époque.

Séraphim, saisissant parfaitement ces nuances du caractère de l'Empereur, s'y plia avec une merveilleuse souplesse, et ne chercha qu'à l'entretenir de choses en harmonie avec sa situation actuelle d'esprit. Mais le czar semblait refuser les distractions offertes à ses chagrins. Ses idées échappaient au courant de la conversation; il répondait par monosyllabes, et, ce qui préoccupait surtout l'archimandrite, il n'expliquait point le but de sa visite.

Enfin l'Empereur fit un effort pour dominer les sombres pensées qui l'assiégeaient.

— Ne possédez-vous pas un schimnik dans ce monastère? demanda-t-il.

Expliquons immédiatement qu'on donne, en Russie, le nom de *schimnik* à certains moines qui, même au milieu de leur couvent, vivent dans la solitude la plus profonde, toujours enfermés dans leurs cellules, pratiquant à la lettre toutes les austérités prescrites par leur règle, passant enfin leur vie dans la prière et les durs exercices de la pénitence. Ces pieux ascètes sont considérés comme des saints, et les plus célèbres monastères tiennent à honneur d'en compter au moins un parmi leurs habitants.

Séraphim savait que le czar avait toujours eu un grand faible à l'égard de ces sortes de personnages. Avec la sagacité qui le distinguait, il comprit, sur-le-champ, que l'Empereur venait de révéler le motif qui l'amenait, et il agit en conséquence.

— Oui, Sire, répondit-il, nous avons enfin un schimnik dans cette sainte laure. Longtemps nous en fûmes privés, car je ne voulais point admettre à ce titre, dans le premier monastère de l'empire, un de ces vulgaires ascètes qui abusent si souvent de notre confiance. Je crois que nous n'avons rien perdu pour attendre. Désirez-vous, Sire, que je fasse appeler le vénérable schimnik?

— Un instant. Je souhaite auparavant que vous me donniez quelques renseignements sur son compte.

— Je suis aux ordres de Votre Majesté.

— Il y a peu de temps que vous le possédez?

— Six mois, à peine.

— Et ce court intervalle vous a suffi pour l'apprécier?

— Oui, Sire : sa sainteté éclate dans toutes

ses actions. D'ailleurs, j'avais à son sujet les meilleures informations.

Et le métropolitain raconta longuement jusqu'aux moindres détails l'entrée du schimnik au monastère et la vie qu'il y menait. Comme son unique but était d'impressionner l'esprit de son hôte, il exalta l'anachorète, représenta sa conduite comme une série d'actes merveilleux, et broda un roman dans lequel l'exagération avait une large part.

Ce langage produisit l'effet attendu par l'archimandrite. Alexandre, extrêmement attentif, demanda qu'on le conduisît à la cellule même de l'ermite, ce que Séraphim s'empressa de faire.

— Voici la couche qui appelle tous les hommes (page 64)

VI. — LA CELLULE DU SCHIMNIK

La Providence, pour arriver à ses fins, se sert parfois de moyens qui nous semblent étranges et dont l'influence nous étonne. Quel cas doit-on faire de la puissance matérielle, de l'intelligence, du génie même, quand le moindre obstacle suffit à tout neutraliser? Faut-il croire, comme l'ont fait quelques historiens, qu'un instant passé dans la cellule d'un moine pauvre, obscur, ait suffi à fixer les destinées d'un souverain doué d'un esprit éclairé, sur lequel le plus puissant des hommes de l'époque, Napoléon Ier, n'avait exercé qu'une influence éphémère et superficielle?

Il est vrai, que, malgré sa haute situation, Alexandre était un homme comme tous les autres, et que les paroles de Séraphim ne lui avaient point fait prévoir le spectacle que devait lui offrir la cellule du schimnik.

Qu'on imagine l'aspect le plus lugubre qu'il soit donné à un être vivant de contempler : en guise de cellule, une espèce de réduit sombre, solitaire, silencieux comme le tombeau ; à l'intérieur, un drap noir couvrant les dalles ou le plancher, une tenture semblable tapissant les parois jusqu'à la moitié de leur hauteur; à gauche, un crucifix colossal s'élevant presque jusqu'au plafond, et autour de ce caveau un banc peint en noir; enfin, pour éclairer ces objets, une lampe brûlant constamment devant quelques images de saints.

Devant le crucifix et à peine visible, le schimnik, prosterné, couvert d'une bure brune et grossière en forme de sac, la tête et les pieds nus, n'offrait aux regards, dans cette posture humiliée, que son crâne entièrement chauve, sur lequel glissaient quelques rayons de lumière qui le faisaient reluire d'un éclat sépulcral.

Malgré le bruit des pas des visiteurs, le moine demeura immobile; on eût dit une masse inerte, inanimée; pas un souffle, pas un mouvement dans cette pièce; à peine si la faible lueur de la lampe vacillait. C'était une scène vraiment funèbre.

L'Empereur, visiblement frappé de stupéfaction et en proie à un sentiment indéfinissable de terreur, se découvrit, resta un instant debout, retenant presque sa respiration, à contempler l'ascète étendu sur le sol. Puis, d'un pas furtif, comme s'il eût craint d'éveiller un spectre, il se dirigea vers le banc, sur lequel il se laissa tomber avec l'archimandrite.

Le czar n'éprouva qu'une autre fois dans sa vie, un peu plus tard, une émotion pareille.

Pendant qu'Alexandre, d'un regard empreint d'une certaine timidité, examinait, chacun des objets renfermés dans la cellule, l'ermite, qui cependant n'avait pu voir ses visiteurs, dit d'une voix dont l'accent caverneux s'harmonisait bien avec l'aspect de sa demeure:

— Prions, Sire, prions!

Et sans changer d'attitude, il récita lentement une oraison. Après quoi, se levant enfin, il prit la croix et bénit l'Empereur.

Le visage de l'anachorète acheva d'impressionner le czar. Les traits du schimnik étaient d'une maigreur qui rendait presque transparent son visage d'une lividité cadavéreuse; au fond de ses orbites caves et décharnés brillaient deux prunelles ardentes; sa barbe blanche, fort négligée, tombait en désordre jusqu'au milieu de sa poitrine, sur laquelle se croisaient ses mains de squelette. Ses yeux baissés se fixaient sur la terre.

Le monarque voulut lui faire prendre place à côté de lui; il refusa d'abord, et ce ne fut qu'après les plus vives instances et pour ainsi dire sur l'ordre de l'archimandrite qu'il consentit à s'asseoir, encore fût-ce à une distance respectueuse de ses hôtes.

Comme l'ermite semblait prêt à se replonger dans ses méditations, le czar jeta de nouveau un regard sur les objets que contenait la cellule.

— Est-ce là tout le mobilier? demanda-t-il à voix basse à l'archimandrite; je ne vois pas de lit; où le saint homme peut-il coucher?

— Il couche, répliqua Séraphim, sur ce plancher, au pied de ce même crucifix devant lequel nous l'avons trouvé prosterné.

— Non, Sire, dit-il, il n'en est pas absolument ainsi: je possède un lit comme tout autre; approchez, et je vous le ferai voir.

En même temps, il introduisit l'Empereur dans un réduit attenant à celui qu'il occupait, et

Alexandre frissonna devant le spectacle qui s'offrit à lui. Là, sur quelques ais mal joints, apparaissait un cercueil noir, à demi ouvert et renfermant un linceul ; il était entouré de cierges et de tout l'appareil de la mort. Le schimnik, attirant le czar qui tremblait comme un enfant en face de cette exhibition lugubre, s'écria d'une voix sourde :

— Voici ma couche ! non seulement la mienne, mais celle qui appelle tous les hommes.

Et reprenant avec plus de force encore, il ajouta :

— Oui, Sire, tous nous serons un jour étendus sur cette couche funèbre, pour y dormir notre long et dernier sommeil.

Alexandre n'osait bouger ; il demeurait là, silencieux et comme perdu dans de noires pensées. Le moine remarqua sans doute l'effet qu'il avait produit sur son impérial visiteur, car il dit aussitôt, en s'efforçant d'adoucir l'austère gravité de sa parole :

— Sire, je le vois, de telles images, de semblables discours, ne sont faits ni pour vos yeux, ni pour vos oreilles. Permettez donc que nous abandonnions ce sujet.

— Il est bon cependant quelquefois de contempler et d'entendre ces choses, répondit le czar. Pourtant j'avouerai que ma visite a un autre but.

— Lequel, Sire ?

— Je venais vous remercier de m'avoir sauvé deux fois la vie.

— Les jours de Votre Majesté dépendent uniquement de la Providence.

— Eh bien ! vous avez été son organe révéré lorsque vous m'avez adressé, à Tzarskoé-Sélo, un remède qui m'a guéri d'un mal réputé mortel par les médecins.

Le schimnik s'inclina.

— Vous avez été encore l'instrument de cette divine Providence le jour où vous m'envoyâtes un libérateur, au moment où j'allais périr dans les eaux de la dernière inondation.

Le moine s'inclina de nouveau sans répondre.

— Quel mobile, quel intérêt vous a inspiré ? interrogea l'Empereur.

— L'intérêt que tout fidèle sujet doit porter à son Empereur.

— Il en est peu qui jouissent d'un pouvoir pareil au vôtre.

— Les grâces que Dieu accorde à ses serviteurs sont mesurées sur leurs mérites, déclara l'ascète oubliant les prescriptions de la modestie.

— Je l'admets ; mais, pour vous, vénérable

anachorète, vous possédez la puissance de maî-
triser la nature humaine elle-même, ce qui me
semble le comble du prodige : l'homme que
vous avez choisi pour exécuter vos desseins
bienfaisants professe une hostilité profonde envers ma personne ; néanmoins, il a obéi à vos
volontés.

— Je l'ai vaincu en lui faisant du bien, tandis
qu'il n'a peut-être reçu de vous que du mal.

— J'ignore qui il est.

— Votre Majesté connaît-elle tous les sujets
de son vaste empire à qui on distribue la justice
en son nom? pouvez-vous répondre, Sire, que
les magistrats commis par vous à ces hautes
fonctions les aient exercées comme ils le devaient ?

— C'est là une effrayante responsabilité, fit
l'Empereur dont le front s'assombrit. Mais, apprenez-moi le nom de cet homme, et s'il mérite
une réparation, elle lui sera accordée.

— C'est inutile, car vous n'êtes pas sûr que
tout se puisse réparer ? Alors laissez ce soin
au Ciel et n'en parlons plus.

— Mais à vous, l'auteur de mon salut,
comment témoignerai-je ma reconnaissance?
Voyons, quelle faveur désirez-vous ?

— Une seule, Sire.

— Quelle est-elle? je vous l'accorde d'avance.

Tout ce que je souhaite, c'est une heure d'entretien en tête à tête avec Votre Majesté.

— Rien de plus facile que de vous satisfaire.

Et le czar, sortant du réduit funèbre où avait eu lieu le dialogue que nous venons de raconter, pria l'archimandrite de le laisser seul avec le schimnik.

Séraphim, qui n'avait point osé pénétrer dans le caveau et n'avait saisi que peu de mots de l'entretien, obéit aussitôt.

Le moine fixa d'un air grave son regard sur Alexandre (page 68)

VII. — UNE LEÇON

Le moine, s'étant assuré que l'archimandrite s'était éloigné, ferma soigneusement la porte et revint se placer debout, en face de l'Empereur, qui avait pris place sur le banc. Croisant les bras sur sa poitrine, il fixa d'un air plus grave encore son regard perçant sur Alexandre, qui tressaillit sous le rayon des prunelles ardentes de l'ermite.

— D'abord, commença l'ascète, je voudrais savoir si c'est à Alexandre, — pétri par Dieu du même limon que moi, — que je parle en ce moment; ou bien si c'est au czar de toutes les Russies, mon maître auguste, que je dois m'adresser?

— Au quel des deux préférez-vous parler?

— A mon égal selon la nature.

— Eh bien! soit : je vous écoute.

— Sire, parmi les choses que je vous dirai, il en est peut-être quelques-unes qui vous déplairont; mais je vous conjure de songer qu'elles ont été beaucoup plus douloureuses encore pour ceux qui les ont endurées.

— Vous avez toute liberté.

— Sire, votre ancêtre Pierre Ier était un grand prince; il avait reçu du Ciel de brillantes facultés et vous savez comment il les employa. Etudiez son règne; il fut heureux; sous lui, les mœurs étaient pures, le peuple pieux, et les Russes commencèrent à entrer dans les voies du bien-être, de la civilisation et du progrès.

— Personne, assurément, ne peut nier cela.

— Après cet illustre monarque, continua le moine, la nation eut des princes moins sages; et alors le désordre se mit dans les affaires de l'empire. La corruption des mœurs nous envahit; les meurtres, les conspirations, les révoltes dévorèrent les provinces; la disette et la peste s'abattirent sur le peuple; et, comme si tout cela n'eût pas suffi, la Néwa, paisible durant tout le règne de Pierre Ier, sortit cinq fois de son lit en moins de quinze ans.

— Il y a de la vérité dans vos appréciations. Mais cela me concerne-t-il ?

— Oui, Sire, beaucoup.

— N'ai-je pas tout fait pour le bonheur de mes peuples ?

— Votre Majesté a voulu les rendre heureux, je n'en doute pas ; mais avez-vous employé tous vos moyens pour obtenir ce résultat ?

— Je le crois.

— Ah ! Sire, les princes sont souvent aveugles. Descendez au fond de votre conscience ; reportez-vous aux premiers temps de votre règne. Quelles espérances fondées sur vous ! le peuple admirait votre intelligence, cultivée par un des plus grands talents de l'époque (1), imbue des leçons d'un génie supérieur (2). Votre caractère aimable et droit, la nature de vos sentiments, faisaient augurer de vous de grandes choses. La Russie voyait en votre personne un nouveau Pierre le Grand ; et vos premières résolutions, vos premiers actes, lors de votre avènement, ne trompèrent point les espérances publiques. Vous entreprîtes des réformes libé-

(1) César Laharpe, son précepteur.
(2) Catherine II, son aïeule.

rales, dictées par la justice et la philanthropie ;
enfin, en défendant la vente des paysans et en
permettant aux nobles de les affranchir, on vous
vit sur le point de décréter l'abolition générale
du servage, mesure qui suffirait à immortaliser
un règne.

— Le moment n'était point encore arrivé,
murmura le czar.

— Pardonnez-moi, Sire : l'heure de la justice
est continuellement à l'ordre du jour. Jamais
souverain ne fut l'objet d'une attente plus grande ; mais vous l'avez trompée presque dès le
début en jetant inconsidérément notre pays
dans la guerre.

— Pouvais-je agir autrement ?

— Quoi ! à la tête d'un empire mesurant,
rien qu'en deçà de l'Oural et du Caucase, une
étendue décuple de celle de la France, vous
avez cru qu'il vous importait de combattre cette
puissance ?

— Il fallait résister à la Révolution, à ses
principes subversifs...

— Principes dont vous veniez d'essayer l'application chez vous, interrompit le schimnik.
Ah ! quelles tristes conséquences ont produit
ces luttes insensées ! des sommes immenses
prodiguées, le commerce anéanti, la ville sainte
de l'empire violée, incendiée !

— Mais nous avons fait expier tous ces maux à l'ennemi.

— Triste compensation ! quels avantages on avez-vous recueillis ?

— Notre puissance s'est affermie, et nous marchons au premier rang parmi les nations de l'Europe.

— La force matérielle, sachez-le, ne peut donner la prépondérance que pour un temps. La civilisation et la liberté eussent suffi pour assurer à la Russie le rang que vous ambitionniez. Dans tous les cas, elles seules pourront l'y maintenir. En somme, nous n'avons récolté de toutes vos guerres que la Sainte-Alliance; et maintenant, vous vous occupez uniquement de consolider ce pacte des rois contre les peuples. La Russie ressemble à l'un de ces sépulcres blanchis dont parle l'Ecriture : elle ne renferme que plaies et corruption, et, au lieu de chercher à la guérir, vous détournez vos yeux du spectacle de ses maux pour les reporter sur des intérêts étrangers au pays.

Ces accusations parurent très sensibles à Alexandre qui déclara n'avoir jamais eu en vue que le bien de ses peuples et la puissance de la Russie.

Mais l'ermite poursuivit avec une énergie croissante :

— Alors, Sire, vous êtes bien inconséquent !
Comment alors avez-vous pu abandonner la
cause des Grecs, nation orthodoxe ? Comment
vous, le chef de l'Eglise russe, avez-vous toléré
les outrages des infidèles, et êtes-vous resté
spectacteurs immobile du meurtre d'un des
premiers pasteurs de l'Eglise orientale et du
massacre d'un si grand nombre de ses enfants ?
cependant, en ces circonstances, le clergé, la
noblesse, le peuple, manifestaient assez haut
les sympathies que leur inspirait la cause de
leurs infortunés coreligionnaires (1).

— L'acte eût été impolitique, objecta le czar.

— Non, certes, déclara le moine ; avouez
plutôt que vous n'avez pas voulu ou que vous
n'avez point osé. Vous avez donné au monde
l'exemple d'un rare phénomène en changeant
radicalement de caractère et de principes. Il
suffit, Sire, pour le constater, de rapprocher les
débuts de votre règne de vos actes d'aujourd'hui.
Jadis on vous appelait le *prince de la paix* ; Klop-
stock vous proclamait l'ange tutélaire de l'hu-
manité ; maintenant on vous nomme un foudre
de guerre ; le mot de Grec du Bas-Empire a même
été prononcé, je crois, par Bonaparte. Autrefois,

(1) Le schimnik parle ici de l'insurrection de la Grèce en 1820, pendant
laquelle d'horribles atrocités furent commises par les Turcs, et que le czar
refusa de soutenir.

debout dès cinq heures du matin, vous ne consacriez votre temps qu'aux affaires. A présent, vous confiez ces soins à d'autres mains ; votre humeur inquiète vous porte à d'interminables voyages, qui ne profitent même pas à vousmême. Autrefois, on applaudissait chaque jour à une réforme. Maintenant, nous assistons à chaque heure à une répression nouvelle. Autrefois, on comptait sur l'abolition de la servitude. Maintenant, vous châtiez impitoyablement toute plainte qui s'exhale de la bouche des malheureux serfs. Autrefois, vous vouliez la liberté, et vous répétiez que les principes libéraux pouvaient seuls fonder le bonheur des peuples. Vous appeliez également l'égalité, et vous donniez des preuves de votre sincérité. Maintenant, où trouver la trace de ces idées généreuses ? Autrefois, Sire, vous exposiez sans hésiter votre vie pour sauver un homme. Et depuis, vos sujets sont tombés par centaines de mille sur les champs de bataille. Aussi, comparez les résultats. Dans les premiers temps, l'empire était prospère, le peuple heureux. Aujourd'hui, la détresse règne partout et les plus grands malheurs fondent successivement sur le pays. Moscou réduit en cendres, Pétersbourg à moitié ruiné par l'inondation, des fléaux de toutes parts. Autrefois, vous étiez gai, plein de confiance, uni avec votre famille. Maintenant, le bouheur et la paix ont déserté votre foyer. Jadis, la vue d'Alexandre provoquait partout les acclamations et le plus vif enthousiasme. Dans les villes qu'il visitait, toutes les classes se pressaient autour de son char. Les étrangers s'associaient à ces applaudissements. Où sont maintenant ces manifestations d'amour et de respect? Il n'arrive aux oreilles que des bruits de conspirations; le peuple murmure, et chaque fois que survient un nouveau malheur, il l'attribue à la colère de Dieu frappant le prince aveugle qui a laissé immoler ses coreligionnaires. Sire, voilà la vérité tout entière et sans voiles.

Mes compagnons furieux brisèrent la porte (page 82)

VIII. — RÉCIT DU MOINE

Pendant cette dure leçon, l'autocrate avait été assez maître de lui-même pour réprimer toute marque extérieure d'impatience. L'irritation devait cependant gronder au fond de son âme ; et quand l'ermite eut fini de parler, il releva son visage qu'il tenait depuis un instant caché dans ses mains ; un nuage sombre chargeait son front hautain. Néanmoins, il fit un effort pour sourire.

— Vénérable schimnik, dit-il, vous vous êtes

notablement écarté, ce me semble, de la réserve que vous vous étiez imposée tout d'abord.

— Comment cela, Sire?

— Vous deviez ne vous adresser qu'à l'homme et vous n'avez parlé que de l'Empereur.

— Il est vrai; mais, dans les actes que j'ai énumérés, l'homme et le monarque sont tellement confondus qu'il est bien difficile de les séparer.

— Pensez-vous donc que chez Alexandre l'homme ne vaut pas mieux que le czar?

— Je voudrais en être convaincu, répondit tristement le schimnik.

— Et qui vous empêche de le croire?

— Les faits, Sire. Tenez, n'en prenons qu'un seul, il est concluant. Pouvez-vous m'expliquer d'où provient cette noire tristesse qui vous dévore depuis de si longues années?

— Mais elle résulte de mon naturel, je suppose.

— Non, Sire; dans vos premières années, votre caractère était d'une amabilité incomparable.

— Alors dois-je reconnaître que cette mélancolie date des tragiques événements qui signalèrent l'inauguration de mon règne... la mort de mon père.....

— Non, Sire, encore une fois, ce n'est point

cela : ne cherchez pas à m'en imposer. Le mal dont vous souffrez a une autre cause, et cette cause, c'est vous-même. Vous êtes également l'auteur des chagrins qui affligent des personnes dont vous deviez faire le bonheur.

— A qui faites-vous allusion? demanda le czar troublé.

— A l'Impératrice, Sire. Avouez-le en toute sincérité : jamais vous n'avez rencontré femme plus aimable, meilleure et plus dévouée.

— J'en conviens, fit brusquement Alexandre.

— Et cependant vous l'avez rendue la plus malheureuse des épouses ; et plût au Ciel, Sire, que ce fût là le moindre des malheurs causé par Votre Majesté dans la vie privée !

— Que voulez-vous dire?

— Rien que ceci, Sire : c'est que la tristesse qui vous assiège depuis vingt-cinq ans a une juste cause. Cependant, ce n'était pas une raison pour prendre en dégoût la plus douce et la plus fidèle des compagnes.

— Schimnik, s'écria l'Empereur extrêmement pâle, quel mystérieux pouvoir possèdes-tu? Que sais-tu encore? Parle.

— Je ne crois pas devoir être plus explicite. Toutefois, si Votre Majesté consentait encore à me prêter quelque attention, je lui raconterais une histoire qui renferme des enseignements du plus haut intérêt.

— Soit. Je vous écoute.

— Sire, j'étais encore fort jeune, je n'avais guère que vingt ans; noble, puissant, riche autant qu'on peut l'être, et doué de plus par la Providence des qualités physiques défiant toute rivalité, je voyais un avenir splendide s'ouvrir devant moi. Tous ceux qui me connaissaient m'accordaient un cœur excellent, une intelligence peu commune, un esprit souple et délié que relevaient une éducation soignée et des mœurs élégantes. Malheureusement, je dois l'avouer, mon caractère était mobile, peu patient, et m'entraînait parfois dans la complicité du mal que je détestais au fond du cœur.

— Mais c'est votre vie que vous racontez là? interrompit Alexandre.

— Qu'importe, répondit le schimnick, si mon récit est vrai, et j'affirme qu'il sera exact dans tous ses détails.

— Pour cause de santé, continua-t-il, je dus aller séjourner quelque temps sous un climat plus chaud. Ma haute naissance, ma fortune, et peut-être aussi mes facultés intellectuelles, me firent rechercher aussitôt dans le pays que je daignais honorer de ma présence. On se disputait mon amitié, mes bonnes grâces, la faveur de m'approcher. Cet empressement ne tarda pas à me devenir importun, et je méditai de m'y soustraire.

A quelque distance du lieu où je séjournais, s'élevait une vieille et austère demeure seigneuriale, la seule qui ne se fût pas mise en frais pour moi. Dans les réunions que je fréquentais, je n'avais aperçu aucun de ses habitants, et nulle invitation ne m'en avait ouvert les portes. Aux questions que je fis à son sujet, on me répondit qu'elle appartenait à un seigneur âgé déjà, y vivant seul avec sa fille. Il n'y avait à partager leur intimité qu'un jeune noble des environs, orphelin et d'ailleurs assez pauvre.

Capricieux comme je l'étais, le monde n'eut dès-lors plus d'attraits pour moi, et je ne pus prendre de repos que je n'eusse forcé les portes du manoir inhospitalier.

J'y parvins facilement. Ayant rencontré deux ou trois fois, dans mes parties de plaisir, le jeune favori du vieux boyard, je n'avais d'abord fait aucune attention à lui : mais, dès que j'eus en tête mon projet de le supplanter, je le recherchai, je réussis à le joindre, et, huit jours après, il me présentait à ses amis. Je trouvai dans le boyard un homme bien élevé, de principes austères, occupant un rang élevé dans la

marine de l'Etat; mais une blessure reçue au
service, et très lente à guérir, le forçait de de-
meurer dans ses terres.

C'était sa fille que je désirais principalement
connaître, car la retraite où il la retenait avait
irrité ma curiosité. Pour mon malheur et le
sien, cette enfant me parut supérieure à tous
les éloges qu'on en faisait et à ce que mon imagination m'avait représenté. Elle avait seize ans
seulement, et les plus nobles qualités de l'âme
rehaussaient son admirable beauté. Elle produisit sur mon esprit une impression inef-
façable. J'aurais dû renoncer à la revoir jamais.
Je n'eus pas cet empire sur moi-même : bien
que je me rendisse parfaitement compte des funestes suites de ma faiblesse, je ne me sentis
pas la force de m'éloigner. Je fréquentai le manoir où l'on était forcé de me tolérer à cause de
l'éminence de mon rang. D'ailleurs, je me
taisais sur la cause qui me ramenait chaque jour
chez le boyard.

Enfin il me fallut parler, et le mot que je pro-
nonçai provoqua des maux irrémédiables. J'a-
vouai donc à mon hôte que j'avais conçu pour
sa fille un attachement sans bornes, que rien
ne me semblait capable de briser.

Hélas! la noble enfant était déjà fiancée, et
c'était précisément avec le jeune homme qui

m'avait introduit au manoir. En outre il y avait, de mon côté, un obstacle insurmontable à ce qu'elle devînt ma femme. Aussi le vieux boyard me fit sentir que je devais arracher son souvenir de mon cœur.

Je compris que tel était mon devoir; mais j'étais trop faible pour songer seulement à l'exécuter. Alors, l'austère officier me déclara qu'il ne consentirait plus à m'admettre à son foyer. Je lui déclarai que je ne consentirais jamais à le satisfaire sur ce point. Il répondit qu'il n'était point en son pouvoir de s'opposer à mes volontés, mais qu'il saurait bien soustraire sa fille à mes obsessions. En effet, il n'y réussit que trop bien.

Le lendemain, je me présentai à son château à mon heure habituelle : la porte resta fermée. Mes compagnons, furieux, la brisèrent; mais, de l'autre côté, je rencontrai le jeune boyard ami de la maison, pâle, l'œil en feu, qui me barra le passage, déclarant que le comte était résolu à périr plutôt que de me revoir. Je le traitai d'insolent, je le renversai, le défiant à se battre contre moi. Il se releva, livide, mais refusa de croiser l'épée. Ne me connaissant plus, ivre de colère, je le fis jeter dehors; j'envahis le manoir comme une place prise d'assaut, et bientôt je trouvai le vieux comte. Il me supplia

Pendant tout ce récit, le czar n'avait pas émis une réflexion ni essayé un mouvement. Il écoutait, morne, accablé ; son visage avait revêtu une pâleur effrayante. Quand le moine eut achevé, il y eut une longue pause ; puis les yeux du schimnik et ceux de l'Empereur se rencontrèrent. L'un des deux personnages frissonna, mais ce ne fut pas l'anachorète, comme on pourrait le supposer, ce fut l'autocrate. Son cœur battait à lui rompre la poitrine ; il était haletant, une sueur froide ruisselait de son visage.

— Schimnik, dit-il enfin d'une voix creuse, avez-vous cru qu'il existât des expiations pour un tel crime ?

— Je l'ai cru, répondit le moine avec un accent énergique.

— Et pour cela ?.....

— Pour cela, j'ai changé de vie, réformé ma conduite ; j'ai essayé de faire du bien à tous mes semblables indistinctement ; je me suis surtout appliqué à rendre heureux ceux que mes égarements ont plongés dans l'infortune. Ensuite, je me suis retiré dans ce couvent pour y terminer ma triste carrière au sein des austérités de la pénitence.

— Pensez-vous que le Ciel agrée cette réparation? interrogea le czar d'une voix tremblante.

— J'en suis convaincu, car le poids qui me broyait le cœur s'est allégé. J'espère que Dieu me tiendra compte des bonnes actions par lesquelles je cherche à racheter mon passé.

— Ainsi soit-il ! murmura l'Empereur.

Et, mettant un genou en terre :

— Bénissez-moi, saint vieillard, ajouta-t-il.

Et, quand le schimnik l'eut béni.

— Vous prierez pour moi, n'est-ce pas ? dit-il. Quel dommage que je ne vous aie pas connu plus tôt !

Après cette scène étrange et ces paroles non moins surprenantes, Alexandre quitta la cellule, lentement et l'air consterné.

Il ramena l'Impératrice au palais d'Hiver (page 91)

IX. — A L'ŒUVRE

Le czar sortit du monastère quelques heures après la tombée de la nuit; il remonta dans le traîneau qui l'avait amené. Le prince refusa obstinément les serviteurs que lui offrait l'archimandrite pour l'accompagner. Il fit à ce dernier de brefs adieux, lui recommandant surtout de tenir sa visite secrète; puis il s'éloigna, non par la rue conduisant au palais d'Hiver, mais par une autre se dirigeant dans un sens tout différent. Les chambellans racontèrent plus tard

qu'il n'était rentré qu'à quatre heures du matin
et qu'on n'avait jamais su où il avait passé cette
nuit.

Aussitôt rentré, il était monté à sa chambre,
et s'y était enfermé seul. Mais les chambellans,
au lieu de s'éloigner comme il le leur avait com-
mandé, revinrent sur leurs pas, se tenant prêts
à répondre à son premier appel. A leur dire, le
czar se promena jusqu'au jour, et plusieurs fois
ils l'entendirent prononcer ces paroles entre-
coupées de soupirs :

— Les maux dont je souffre, ceux que mon
peuple a enduré sont la punition de mes égarements. Serait-il vrai que je pourrais encore me
délivrer de cet horrible fardeau !

Quoi qu'il en soit, dès la première heure,
l'Empereur ordonna de convoquer le conseil ;
ensuite il se rendit à la chapelle du palais, où il
demeura longtemps. Quand il sortit, il trouva
ses ministres réunis. L'impératrice-mère, les
grands-ducs Nicolas et Michel étaient présents.

Le czar surprit singulièrement tout le monde
en annonçant qu'il avait l'intention de reprendre sérieusement les projets de réforme autrefois élaborés. Il exposa longuement les nou-
veaux systèmes qu'il se proposait de suivre, à
l'avenir, en politique et en administration. Mais
il s'adressait à des esprits mal disposés à le

comprendre ou à le seconder. Presque tous ses conseillers élevèrent des objections énergiques et nombreuses. A la fin, l'Empereur, mécontent de leurs résistances, les congédia aussi brusquement qu'il les avait convoqués.

Immédiatement après cette séance, il alla, selon sa coutume, faire parader la garde montante dans la salle d'exercices, située sur la place du palais, et rentra ensuite pour déjouner. Vers midi, il monta en voiture avec un seul valet, et partit pour la promenade qu'il avait l'habitude de faire chaque jour. Ordinairement, il s'arrangeait de façon à rentrer pour deux heures; mais cette fois il poussa jusqu'au château de Paulowski. Il était rare que cette délicieuse maison de campagne, bâtie près de Tzarskoé-Sélo, fut habitée l'hiver; mais en ce moment l'impératrice Elisabeth l'occupait.

La princesse s'y était fixée après le rétablissement du czar, qui, une fois guéri, l'avait de nouveau délaissée pour entreprendre un de ces voyages aventureux qui semblaient être un de ses besoins les plus impérieux. L'Impératrice n'avait pas revu son mari depuis lors; aussi sa visite imprévue lui causa-t-elle une surprise extrême.

L'Empereur se montra, envers sa femme, plus affectueux qu'il ne l'avait été durant vingt années peut-être ; il resta longtemps et promit de revenir. Il tint parole, non seulement le lendemain, mais encore tous les jours suivants. L'autocrate était enfin rentré en lui-même ; il avait reconnu toute l'étendue de ses torts envers une épouse vertueuse aimante et fidèle. Il comprit que le repentir devait être accompagné d'une généreuse réparation ; et il résolut d'accomplir généreusement ce que le devoir exigeait de lui.

La religion le poussait à cela plus encore peut-être que la native noblesse de son âme. La reconnaissance eut aussi sa part d'influence dans la nouvelle conduite qu'il adopta, car il ne sut qu'alors combien Elisabeth lui avait été dévouée et combien elle avait souffert à cause de lui.

Il se rappela qu'en 1812, quand les évènements qui avaient suivi l'invasion l'avaient éloigné de la Russie, l'Impératrice, après avoir montré une dignité courageuse, une fermeté plus grande que le malheur, et rassuré toutes les âmes autour d'elle, n'avait point voulu qu'une distance de sept cents lieues la séparât de son mari, ni que la nouvelle des triomphes du czar ne lui parvînt qu'après de longs jours. Elle s'était rendue en toute hâte au pays de sa naissance, toujours présent à son souvenir.

Si court que fût son séjour à Bade, les grâces

de sa personne, sa simplicité bienveillante, lui
conquirent tous les cœurs, et elle eût pu être
heureuse dans cette belle contrée où régnait
son frère et où on lui rendait la vie si douce.
Mais, convaincue que son devoir la rappelait
en Russie, elle se hâta d'y retourner.

Lorsque Alexandre revint à elle, l'Impératrice lui témoigna la même affection que s'il
ne l'eût jamais délaissée. Aussi apprit-il vite à
connaître cette nature d'élite; et, dès qu'il la
connut bien, il ne vit plus en elle, comme son
peuple, comme l'Europe entière, qu'un ange de
bonté, de résignation, et de consolation pour
lui. Il la ramena au palais d'Hiver, et se montra
désormais partout avec elle. Il écoutait ses avis,
et s'inspirant sans doute aussi des nouvelles
résolutions qu'il avait prises, il travaillait à ré-
former son gouvernement, étudiant assidûment
chaque jour les meilleurs moyens de rendre son
peuple heureux.

Malheureusement, il récoltait les fruits qu'il
avait si longtemps semés. Le système qu'il
avait fini par adopter, s'était si profondément
enraciné, qu'il lui fallait à présent des efforts
inouïs pour le changer.

Avec son énergie indomptable, avec une pa-
tience à toute épreuve, il eût sans doute réussi
dans son projet, si un nouveau coup ne fût venu

détruire dans leur naissance ses plans de réforme.

Complétement réconcilié avec l'Impératrice, Alexandre ne la quittait plus et s'efforçait, par les attentions les plus délicates, de lui faire oublier le passé.

Il trouvait un grand charme dans cette intimité, et il goûta alors plus de bonheur qu'il n'en avait eu dans les vingt dernières années de sa vie.

Elisabeth était sous la même influence, et sa félicité présente la rattachait à l'existence. Mais le chagrin avait lentement miné sa santé : à son insu et même à celui de son médecin, une affection de poitrine avait pris les caractères alarmants d'une maladie chronique.

Bientôt on la vit dépérir. Les médecins, se reconnaissant dans l'impuissance d'arrêter les progrès du mal, déclarèrent qu'il ne fallait point laisser la princesse exposée aux rigueurs d'un climat aussi âpre que celui de Pétersbourg. Ils conseillèrent de lui faire respirer l'air de son pays natal. Mais Elisabeth refusa nettement d'entreprendre ce voyage, répondant à toutes les instances que la femme de l'Empereur de Russie ne devait mourir qu'en Russie.

On pensa alors qu'elle courrait moins de danger dans les provinces méridionales de l'empire, et on proposa la Crimée. Mais ce fut le czar, à son tour, qui repoussa cette désignation avec une énergie telle qu'il fallut y renoncer. Après avoir longtemps cherché, Alexandre donna la préférence à Taganrog, petite ville située sous une zone tempérée, aux bords de la mer d'Azof, en face de la cité de ce nom, à quatre cent cinquante-six lieues de Pétersbourg.

Mais l'expérience prouva que ce séjour n'était pas plus favorable que celui des autres régions moscovites. Le climat ne se détermine pas uniquement par le degré de latitude. A Taganrog, des vents violents règnent souvent dans le port, et ceux du nord-est arrivant par dessus les plaines glacées où rien ne les arrête, refroidissent l'air outre mesure; de plus, ces vents, mettant le port à sec jusqu'à une distance très considérable, causent des exhalaisons malfaisantes qui se dégagent du sol limoneux. L'automne est pluvieux et exposé aux brouillards; et en cette année surtout (1825-1826) on devait ressentir toutes les rigueurs d'un hiver septentrional. Néanmoins, l'Impératrice n'éleva aucune objection sur la décision du czar; il suffisait que ce fût le désir d'Alexandre pour qu'elle s'y soumît.

Le départ fut donc arrêté, et l'Empereur annonça qu'il serait du voyage. Alarmé par les rapports des médecins, il voulut présider lui-même à tous les arrangements nécessaires.

Le départ devait avoir lieu le 13 septembre, c'est-à-dire le 1ᵉʳ de ce mois selon le calendrier julien, toujours en vigueur chez les Russes comme chez les chrétiens d'Orient. Or, le 30 août, également selon le vieux stylo, l'Eglise russe célèbre la fête de saint Alexandre-Newski. Ce jour-là, tout le clergé se rend en procession de Notre-Dame-de-Kasan, au monastère construit par Pierre Iᵉʳ. Suivant l'usage, la famille impériale assiste à la sainte liturgie dans l'intérieur du couvent.

Alexandre s'y rendit; et, avant de quitter le saint lieu, il avertit le métropolitain qu'il reviendrait à la laure le surlendemain, désigné pour son départ.

L'annonce de cette visite étonna peu l'archimandrite, mais elle surprit beaucoup la suite du prince, car c'était à Notre-Dame-de-Kasan, exclusivement, que le czar, entreprenant un voyage, avait l'habitude de faire sa prière.

Cependant Séraphim trouva étrange que le monarque lui recommandât, en outre, de célébrer ce jour-là, à son intention, dès quatre heures du matin, non pas un *Te Deum*, comme on voulut le faire croire dans le rapport officiel, mais un service des morts.

Au jour et à l'heure indiqués, Séraphim attendait le czar à la tête des moines de la confrérie, revêtus de leurs ornements de deuil.

A cette époque de l'année, les nuits boréales ont déjà perdu la remarquable transparence qui, pendant les mois de juin et de juillet, en fait comme des jours sans soleil. Pétersbourg était encore plongé dans l'obscurité lorsque le czar parcourut cette large et magnifique rue d'Alexandre-Newski aboutissant à la laure. Quand il parut à la porte de l'enceinte sacrée, l'aurore commençait à peine à colorer le ciel de ses premiers feux. Il était seul dans sa calèche attelée de trois chevaux de front; pas un domestique ne l'accompagnait. Vêtu d'une simple capote d'uniforme, sans épée, la casquette militaire dite fouraschka sur la tête, il était enveloppé d'un manteau.

Mettant pied à terre, il baisa la croix, que le métropolitain lui présentait, et reçut la bénédiction du vieillard. La confrérie, l'entourant, entonna le cantique : *Dieu, sauve ton peuple!* et le chef du clergé conduisit l'Empereur vers le portail de la cathédrale. Les portes extérieures restèrent soigneusement fermées. Le cortége franchit le parvis de ce beau temple, pénétra sous la voûte élégante, et s'avança vers le mausolée de saint Alexandre. Devant ce monument est placé, en forme de prie-Dieu, une espèce de reliquaire renfermant quelques restes du saint personnage que les Moscovites honorent. Arrivé près de ces reliques, le métropolitain récita la prière des voyageurs. Ensuite il commença la messe des Morts. Au moment de la lecture de l'Evangile, le monarque s'avançant vers les portes ouvertes de l'iconostase, s'agenouilla humblement devant l'autel et pria l'archimandrite de poser sur sa tête le volume sacré.

L'office terminé, Alexandre se releva, baisa de nouveau la croix, et Séraphim le bénit avec une image du Christ destinée à l'accompagner dans son voyage, que le proto-diacre porta ensuite dans la voiture impériale. Enfin, après avoir achevé ses dévotions, il regagna le portail et prit congé de l'assistance. Dans la cour, Séraphim demanda au czar s'il ne daignerait point se reposer un instant au parloir.

— Volontiers, répondit le prince, mais seulement quelques minutes, car je suis en retard déjà d'une demi-heure.

Parvenu dans le petit salon, Alexandre s'assit, invitant le métropolitain à en faire autant. Celui-ci, prenant la parole :

— Votre Majesté, dit-il, n'ignore pas, sans doute, que la renommée de notre schimnik s'accroît tous les jours; n'aurait-elle pas le désir de le visiter?

— Oui, allons le voir, répondit le czar qui semblait très préoccupé.

La cellule du moine avait peut-être un aspect plus lugubre encore que lors de la première visite de l'autocrate. Quand ce dernier fut seul avec l'anachorète, celui-ci, prenant son attitude habituelle quand le prince se rendait chez lui, resta debout en face du monarque, les bras croisés et le regard fixe. Puis, avec cette intonation sourde qui lui était particulière :

— Sire, dit-il, je vous vois plein de force, de santé et de vie; à peine avez-vous dépassé le terme moyen de l'existence; (1) cependant, avez-vous réfléchi combien les coups de la Providence sont parfois prompts et imprévus ?

L'Empereur tressaillit et répliqua :

— Je m'attends à tout.

— Êtes-vous préparé à tout ? reprit le schimnik.

— Je le crois.

— N'êtes-vous point dans l'illusion? Avez-vous seulement réglé l'ordre de la succession impériale ? Rappelez-vous que dans un moment de dépit vous avez évincé de votre héritage

(1) Alexandre n'avait guère encore que quarante-huit ans.

le grand-duc Constantin, l'aîné de vos frères, sans le remplacer.

— Je le ferai dans ma retraite, car ici, pour la moindre mesure, je me heurte à mille difficultés.

— En ce cas, puisse Dieu vous accorder le temps nécessaire! fit le moine.

Alexandre l'obligea alors à s'asseoir et ils s'entretinrent à voix basse. Puis le czar se levant :

— Je veux vous revoir, dit-il, je reviendrai.

— Je le souhaite, répondit le schimnik, mais j'ose à peine l'espérer.

Le front de l'Empereur s'assombrit davantage, et ayant prié le vieillard de le bénir, il quitta la cellule. A quelques pas de là, le czar retrouva le métropolitain; mais son imagination était vivement frappée : les paroles du vieux moine avaient produit sur lui une impression immense, car il dit à Séraphim :

— J'ai entendu beaucoup de discours, longs et composés avec art; mais aucun ne m'a plu, ne m'a saisi comme la courte allocution du schimnik.

De l'intérieur du couvent jusqu'à la voiture de l'Empereur, la confrérie formait deux lignes. En passant au milieu, Alexandre recommanda à tous les assistants de prier pour lui. Après avoir reçu une dernière fois la bénédiction du chef du clergé, il monta en voiture. Élevant au ciel ses yeux noyés de larmes :

— Priez pour ma femme et pour moi ! leur cria-t-il encore.

Les chevaux l'entraînèrent.

Bientôt la laure de Saint-Alexandre-Newski disparut à ses regards; mais les officiers de sa suite ne manquèrent pas de noter qu'un couvent du même saint fut le premier sanctuaire où il guida son épouse, à leur arrivée à Taganrog.

Ils parcoururont les corridors et les galeries page 100¡̣

X. — A MORDWINOF

Ce fut un moment plein d'émotion que celui où l'Empereur franchit la barrière de la ville. Il s'éloignait pour longtemps, pour toujours, peut-être, de sa capitale chérie, éclairée en ce moment des premiers rayons du soleil d'automne.

Au château de Tzarskoé-Sélo, situé sur la route de Moscou, il se sépara avec une profonde douleur de sa mère, de ses frères, et il se remit en route.

Il emmenait une suite nombreuse, dans laquelle on distinguait, entre autres principaux personnages, le prince Pierre Volkoski, un de ses amis d'enfance et son aide-de-camp général, le baron de Diébitsch, chef de l'état-major de l'armée, et enfin sir James Wylie, le médecin attaché à sa personne depuis plus de trente ans.

Le voyage fut heureux et ne dura que douze jours, malgré les haltes fréquentes. Cependant l'Empereur demeurait sous l'influence de ses funestes idées. Une comète qui parut au ciel durant ce voyage, contribua à les affermir.

— As-tu vu l'étoile errante? demanda-t-il un soir à Elya, son fidèle cocher.

— Oui, Sire.

— Mais sais-tu aussi que cela présage malheur et chagrin ?

Au lieu de répondre, le cocher soupira. Il se rappelait sans doute cette fameuse comète de 1811, considérée comme le précurseur de l'invasion de l'année suivante et de la ruine de Moscou.

L'Empereur faisait la même réflexion ; et, un instant après, il ajouta :

— Que la volonté de Dieu soit faite!

Le czar était parti de Pétersbourg deux jours avant l'Impératrice. Il avait voyagé si rapidement, qu'il arriva à Taganrog dix jours avant elle. Il en profita pour lui préparer une demeure convenable, tranquille, commode, inaccessible au moindre souffle d'air. A cette œuvre, il employa tous ses instants et tous ses soins; puis il alla la recevoir au premier relai en avant do Taganrog, où il fit son entrée avec elle le 5 octobre.

Il l'installa dans un grand bâtiment au-dessus de la plage, et où il s'établit lui-même. Il lui consacra dès lors tout son temps, restant avec elle dans ses appartements, l'accompagnant à table, en promenade, partout. Touchée de ces attentions, l'Impératrice se sentit beaucoup mieux, et sa santé se raffermissait visiblement. Elle sortait souvent pour jouir de la douceur du climat, du grandiose spectacle de la mer et recevoir les témoignages d'amour que lui prodiguait la population. Jamais elle n'avait été aussi heureuse, écrivait-elle à sa famille.

Voyant l'état de sa femme s'améliorer, Alexandre reprit ses excursions accoutumées. Il parcourut les côtes de la mer d'Azof, jusqu'au Don. A peine de retour, il annonça qu'il allait pousser une excursion dans la Crimée. Comme depuis longtemps il témoignait une certaine répulsion pour cette contrée, on fut surpris de sa résolution. Mais il donna pour prétexte la beauté de la saison, la nécessité de montrer aux habitants de la presqu'île leur souverain, et surtout les instances du comte Michel Voronzof, gouverneur-général de la province.

L'Impératrice réclama vivement contre ce voyage; elle obtint seulement que le czar en limiterait la durée; il promit de ne rester absent que dix-sept jours.

Parti de Taganrog le 1ᵉʳ novembre, avec une petite escorte, le czar voyagea à journées réglées, cherchant à tout voir de près dans ce pays qu'il semblait, du reste, connaître déjà. Ses deux premières visites furent pour le somptueux château du gouverneur Voronzof et la petite colonie de la princesse Galitzin, où il voulut se rendre seul et à pied.

Le cortège suivit ensuite la chaussée de Nikita jusqu'à Aloupka où elle se termine. Là, on est en présence de hautes montagnes se prolongeant fort loin; il n'y avait point de routes tracées, et la suite de l'Empereur ne croyait pas qu'il eût dessein de les franchir. On n'avait même pas pris de guide. Mais le czar déclara qu'il voulait les traverser; il prit lui-même la tête de la petite colonne, et la conduisit sûrement jusqu'au-delà de la plus haute montagne.

On aperçut alors un château encore bien conservé, entouré de champs complétement incultes. Dans l'intérieur du manoir, ainsi qu'aux alentours, on ne voyait pas une âme.

En pénétrant dans la demeure seigneuriale, on reconnut qu'elle était déserte; elle semblait avoir été abandonnée depuis longtemps. Alexandre apprit à son entourage, qui l'ignorait, que c'était la propriété des Mordwinof, une des plus anciennes et des plus nobles familles de la Russie, mais condamnée à s'éteindre prochainement, son dernier descendant étant très âgé, veuf et sans enfants.

Sous Paul Ier, le comte Mordwinof occupait un certain rang dans la marine; mais, dès le commencement du règne d'Alexandre, il était tombé, pour des motifs ignorés, dans une disgrâce complète; il avait même dû s'exiler quelque temps.

Depuis peu, il était rentré en faveur; le czar l'avait brusquement appelé à l'une des plus hautes dignités de l'empire et nommé amiral de la mer Noire. La cause de ce revirement subit avait été, du reste, aussi mystérieuse que sa chute. Toutefois, les officiers qui accompagnaient Alexandre s'étonnèrent que le nouvel amiral, sachant le monarque en tournée dans les environs de son manoir, ne se fût pas mis en peine de le restaurer pour recevoir le souverain, au cas où il plairait à celui-ci de le visitor. Mais l'Empereur ne souffrit aucune réflexion sur ce sujet, et il annonça que, malgré l'état misérable du lieu, il y passerait la nuit.

Ceux qui observaient Alexandre remarquèrent qu'à dater du moment où il avait mis le pied sur le domaine de Mordwinof, son visage s'était assombri singulièrement. Il visita le manoir de fond en comble, sans prononcer un seul mot. Dans plusieurs parties du vaste édifice, il laissa percer une vive émotion. Il parut au souper qu'on avait improvisé avec beaucoup de peine, mais ne prit absolument rien. Dès que le repas fut terminé, il se retira dans un appartement qu'on avait nettoyé à la hâte. Il ne se coucha point; et, quand il jugea que ses gens étaient endormis, il sortit de sa chambre, et alla frapper à celle du baron de Diebitsch, devenu son ami et son confident intime.

L'aide-de-camp, accablé de fatigue, dormait déjà profondément.

— Baron, lui dit Alexandre à voix basse, après l'avoir éveillé, j'aurais à vous entretenir; voulez-vous passer chez moi?

— Diebitsch reposait tout habillé sur une couverture de voyage; il fut aussitôt debout et suivit l'Empereur.

— Diebitsch, reprit le czar lorsqu'ils furent entrés dans l'appartement impérial, peut-être

m'entendrez-vous dire ou me verrez-vous faire
cette nuit des choses qui vous étonneront beaucoup ; mais, promettez-moi de garder là-dessus
un silence absolu.

— Sur mon âme, je jure, Sire, d'être muet
comme la tombe.

— Très bien, baron, je compte sur votre ser-
ment. Sachez donc d'abord que je n'ai entrepris
ce voyage de Crimée que pour visiter l'édifice
où nous sommes, et que j'ai besoin de vous.

— Que Votre Majesté commande, je suis prêt
à lui obéir aveuglément.

— Alors, prenez ceci et suivez-moi.

Et le czar, en prononçant ces mots, remit au
baron une pioche, une pelle et une petite croix
de bois noire, portant inscrits des caractères
grecs que Diebitsch, ancien officier allemand,
était incapable de déchiffrer.

Il reçut ces étranges objets sans demander
un mot d'explication, et accompagna l'Empereur
qui s'était muni d'une lanterne sourde. Ils par-
coururent les corridors et les galeries, dédale
étroit et obscur à travers lequel Alexandre se
dirigeait avec une assurance qui étonnait fort le
baron allemand

L'air, plus frais, les frappa bientôt au visage ;
ils étaient dehors dans une vaste cour qu'ils
traversèrent pour entrer dans une plus petite,

pavée de dalles et entourée de murailles hautes et sombres, laissant à peine apercevoir la voûte du ciel.

— C'est ici, dit le czar; mais nous ne sommes pas encore au bout.

Un puits occupait l'extrémité de la cour. Alexandre posa sa lanterne sur la margelle; Diebitsch, se penchant, essaya d'apercevoir le fond, mais les rayons lumineux perçaient à peine l'obscurité de l'orifice.

— Ce puits a quatre-vingt-dix pieds de profondeur, expliqua le czar, mais il n'y a point d'eau. Nous allons descendre au moyen de cette échelle de corde.

Il exhiba en même temps une échelle faite d'un solide cordonnet de soie, et la fixa à la poutre qui soutenait autrefois la chaîne.

— Sire, fit le baron, en voyant l'Empereur enjamber la margelle, permettez que je passe le premier.

— Non, non; c'est à moi de vous conduire: je suis peut-être le seul aujourd'hui à connaître exactement la disposition des lieux.

Et, s'étant assuré de la solidité de l'échelle, le czar descendit avec une précipitation fébrile. Le baron le suivit avec le flegme d'un Allemand, gardant pour lui les réflexions que lui devait inspirer une pareille aventure.

La descente paraissait interminable. Enfin, Alexandre s'arrêta, et le baron de Diebitsch vit avec satisfaction, à quelques pieds au-dessous de lui, le fond desséché du puits. Alors l'Empereur montra à son compagnon deux ouvertures pratiquées dans la paroi, et superposées :

— Du temps que ce château était habité, expliqua-t-il, ces deux ouvertures étaient cachées sous l'eau. Celle qui est en face de nous, conduisait à un souterrain qui s'étend sous le manoir et n'a pas d'autre issue ; la seconde, celle de dessous, communique avec un réservoir par où, au moyen d'une porte qui n'existe plus, l'eau du puits s'écoulait, laissant à sec l'entrée du souterrain.

— C'était diablement compliqué et fort ingénieux, observa le baron.

— Maintenant, reprit le czar, vous sentez-vous le cœur de pénétrer avec moi dans ce redoutable souterrain ?

— Ah ! Sire, ce serait la bouche de l'enfer que je m'y précipiterais la tête la première, sur un signe de Votre Majesté.

— Allons donc, cher ami !

Alexandre se préparait à poser le pied dans l'ouverture, quand une grande lueur blafarde, glissant le long des parois, descendit jusqu'au fond du puits, qu'elle éclaira subitement jusque dans ses moindres recoins. Puis, une détonation sourde, étrange, ébranla le sol.

— Qu'est-ce ceci? firent à la fois le prince et le baron en levant les yeux vers l'orifice.

Mais, sauf l'espace éclairé par la lanterne, tout était rentré dans le silence et l'obscurité. Les deux explorateurs restèrent immobiles, muets. Soudain une autre lueur, également rapide et sinistre, brilla et disparut.

— Est-ce un éclair? demanda l'Empereur.

— Cette lumière ne ressemble point aux éclairs; d'ailleurs, quand nous sommes descendus, il n'y avait pas un nuage au ciel.

— Alors, c'est le jet des flammes d'un incendie.

— Peut-être, et il faut y voir.

Et Diebitsch remonta promptement jusqu'à la surface du sol. Au bout d'un moment, il rejoignit le czar.

— C'est étrange, dit-il : le ciel est clair et on ne voit nulle part indice d'un incendie. J'ai remarqué seulement quelques vapeurs flottant dans l'atmosphère, dans notre voisinage, et il m'a semblé sentir comme une odeur de soufre. Que faire, Sire?

— Arrive que pourra, répondit l'Empereur; achevons l'entreprise.

Et il se risqua résolûment dans l'ouverture du souterrain. Le baron le suivit sans mot dire. Ils marchèrent quelque temps dans un étroit boyau, allant toujours en montant ; puis, ils atteignirent une salle ronde, ayant environ quarante pieds de circonférence, aux parois complétement nues ; on ne voyait nulle part d'autre issue que celle par où s'étaient introduits les deux visiteurs.

Alexandre, appuyé à la muraille, promenait ses regards autour de ce sombre caveau, et paraissait extrêmement pâle. Diebitsch faisait également son inspection. Enfin le czar aperçut un monceau d'ossements à demi pulvérisés.

— Grand Dieu ! murmura-t-il.

Et il se couvrit le visage de ses mains tremblantes. Mais, recouvrant aussitôt son énergie, il saisit la pioche que portait le baron.

— Diebitsch, dit-il, je vous amène pour ensevelir ces tristes dépouilles.

Il se mit à défoncer le sol avec ardeur. Le baron l'aidait, retirant la terre au fur et à mesure. Bientôt la fosse fut ouverte. Alors l'Empereur, déposant son outil, essuya la sueur qui ruisselait de son visage. Ensuite, ayant étendu son manteau sur le sol, il se disposait à y placer les ossements gisant devant lui. Au même instant, la lumière de la lanterne baissa sensiblement; il sembla aux deux visiteurs que l'atmosphère s'épaississait autour d'eux, qu'un brouillard les enveloppait; puis, tout à coup, les mêmes lueurs qui les avaient tant étonnés dans le puits, se répétèrent à trois reprises. Après quoi, pendant une minute ou deux, ils se trouvèrent dans une nuit profonde. Le même éclair blafard se reproduisit; mais cette fois, une lumière bleuâtre, vacillante, lui succéda semblable à un feu follet.

Presque immédiatement, dans cette atmosphère, se forma un spectre vaporeux d'abord, aux contours indéterminés; mais il se condensa peu à peu et revêtit l'apparence d'un corps féminin. On aurait dit une femme, debout, les cheveux flottants, la robe ample et traînante.

Le czar et Diebitsch s'étaient rejetés de l'autre côté de la salle. A l'apparition du spectre, la pâleur d'Alexandre redoubla; il jeta un cri aigu et chercha l'appui du bras de son compagnon.

— Réalité ou fantôme, arrière! s'écria le baron d'une voix rauque et en saisissant son épée.

— Non, non; laissez faire, murmura le prince avec l'accent de la terreur.

— Ces apparitions rentrent sans doute dans le programme de cette étrange expédition, grommela l'officier en repoussant son glaive dans le fourreau.

Le fantôme se mit en marche, glissant sur le sol, et se dirigea vers l'Empereur qui paraissait pétrifié. Alors le spectre, étendant lentement le bras, prononça ces mots d'un ton sépulcral :

— Respecte ces ossements !

Alexandre frissonnait des pieds à la tête.

Cependant, maintenant, le fantôme reculait; ses formes s'atténuèrent; mais, tandis qu'il s'évanouissait insensiblement, un autre spectre se dessinait à côté, grandissait rapidement, accentuait ses formes, et, cette fois, l'aspect d'un homme s'offrit aux deux explorateurs.

Aussi pâle, aussi menaçant que le premier, ce nouveau fantôme s'avança également sur le czar; arrivé en face du prince, il étendit pareillement le bras vers les ossements, et fit entendre ces paroles :

— Il est un Dieu vengeur !

— Bonté divine ! balbutia Alexandre dont les dents s'entrechoquaient, c'est bien lui ! Seigneur, protégez-moi !

Mais déjà lueurs et spectres avaient disparu. Une vapeur douce, opaque, remplissait la rotonde. Soudain, un coup sourd, semblable à un éclat de tonnerre souterrain, retentit et ébranla le sol. En même temps, des rayons de feu sillonnèrent l'obscurité et le czar tomba évanoui entre les bras de son compagnon.

La nuit et le silence régnaient de nouveau dans ces lieux étranges. Diebitsch saisit l'Empereur à bras-le-corps, sans s'occuper de rallumer la lanterne, regagna en tâtonnant l'entrée du lugubre caveau et parvint à retrouver le puits. A force d'énergie et d'adresse, il réussit à remonter son maître jusqu'à l'orifice.

Là, l'air froid de la nuit ranima l'Empereur. Revenu à lui, Alexandre jeta çà et là un regard inquiet.

— Ils sont partis? demanda-t-il.

— Les spectres? oui, Sire, et nous sommes hors de cette maudite caverne.

— Dieu soit loué! baron, jamais un mot sur tout ceci !

— Que Votre Majesté se tranquillise; elle doit savoir que ma discrétion est à l'épreuve. D'ailleurs, si je racontais ces choses, on ne me croirait pas ; et moi-même, je ne suis pas bien sûr que tout cela soit sérieux.

Une heure après, le czar et le baron de Diebitsch étaient rentrés dans l'appartement impérial.

N'eût été la pâleur empreinte encore sur le visage d'Alexandre, on aurait cru facile-

ment que l'aventure racontée précédemment
n'était que le mauvais rêve d'une nuit agitée.

Tout dormait dans le château.

L'Empereur et son compagnon, assis l'un et
l'autre, causaient avec calme.

— Oui, Diebitsch, disait le prince ; cette terrible histoire que le schimnik me contait pendant notre première entrevue, était la mienne
et non la sienne. Oui, c'était bien cela, d'un
bout à l'autre ; ou plutôt, je me trompe : la première partie seulement était exacte, l'autre ne
l'était point encore devenue, puisque je n'avais
pas commencé à réparer le mal commis par
moi.

Puis, après un silence, l'Empereur ajouta :

— Le schimnik avait raison : il y a longtemps
que j'aurais dû songer à expier mon crime par
la pénitence ou à le réparer en semant les
bienfaits autour de moi. Aussitôt après cette
entrevue, j'ai commencé : je me suis rapproché
de ma femme, j'ai repris tous mes projets de
réformes administratives et politiques. Est-il
encore temps? j'en doute en voyant tous les
obstacles qui se dressent sur ma route. Quoiqu'il en soit, je poursuivrai l'expérience jusqu'au bout. De Taganrog, je renouvellerai mes

efforts ; si j'échoue, eh bien ! il me restera une suprême ressource, celle de l'abdication.

— Sire !...

— Oui, Diebitsch, j'abdiquerai ; un autre reprendra mon œuvre avec plus de succès, si les erreurs de mon règne, en multipliant les obstacles sous mes pas, ne me permettent point de l'accomplir.

Le czar trouva une femme âgée d'un peu plus de quarante ans (page 123

XI. — L'AMIRAL

Le lendemain matin, le czar quitta de bonne heure le manoir de Mordwinof, à la grande satisfaction de sa suite. Seuls, Alexandre et le baron de Diebitsch paraissaient soucieux. L'Empereur n'hésitait point à regarder comme une intervention surnaturelle ce qu'il avait vu pendant la nuit, dans le souterrain. Mais nul autre que lui et le baron, parmi son escorte, n'avaient aperçu les terribles lueurs, ni en-

tendu les détonations qui avaient épouvanté
les deux nocturnes visiteurs.

Enfin, après avoir traversé dix lieues de
montagnes sur de mauvais chevaux, la cara-
vane impériale retrouva les voitures de la cour
au grand village de Baïdar. On prit alors la
route de Sébastopol, le Toulon de la mer Noire,
devenu si célèbre depuis par le siége qu'il
soutint.

L'Empereur, espérant par quelques excursions dissiper le trouble qui lui était resté de
la nuit passée à Mordwinof, se détourna de
son chemin pour visiter Balaklava, puis un
couvent de Saint-Georges, fameux par ses
grottes. Mais ces distractions ne calmèrent
point son esprit, trop vivement impressionné.
Il atteignit Sébastopol, toujours sous l'influence des scènes lugubres auxquelles il avait
assisté dans le souterrain.

Là, redoutant la solitude de sa chambre à
coucher, il recula le plus possible le moment
de s'y renfermer. Quoique arrivé seulement
dans la ville à neuf heures du soir, il voulut passer en revue les équipages de la flotte,
à la lueur des torches, et ne s'occupa que
très avant dans la nuit de demander au sommeil un repos qu'il craignait de ne pouvoir
obtenir.

Le lendemain matin, l'Empereur assista d'abord au lancement à la mer d'un navire nouvellement construit, à bord duquel il accepta à déjeuner. Ensuite, après avoir visité l'hôpital militaire, il donna audience aux principaux personnages de la place. Enfin, ayant monté une chaloupe, il se fit transporter au vaisseau-amiral.

Le commandant de la flotte le reçut à la tête de tous ses officiers. Bien qu'usé avant l'âge par la fatigue et les épreuves, Mordwinof avait conservé un aspect imposant; son visage grave et sévère, ses cheveux blanchis inspiraient le respect.

Quand il eut visité toutes les parties du navire et qu'il se fût fait expliquer tous les détails du service, le czar pria l'amiral de le conduire à son appartement, où ils demeurèrent seuls.

— Comte Mordwinof, dit Alexandre, ce n'est pas sans un motif spécial que j'ai tenu à me rendre au milieu de votre flotte et sur votre propre vaisseau. Injuste envers vous comme souverain, je vous devais une réparation, et j'ai essayé de vous l'accorder.

Le comte s'inclina.

— Ce n'est pas tout, reprit le czar : avant de monter au trône, j'ai eu envers vous des torts bien autrement graves. La catastrophe qui vous a ravi votre unique enfant a été causée par une de mes folies. Je l'ai payée par une vie de remords incessants, par la privation des joies intimes de l'existence. Si cette terrible expiation, dont je reconnais la justice, si mon repentir profond peuvent vous toucher, vous me pardonnerez.

Le vieux comte, ému, troublé, s'était levé et marchait à grands pas dans la cabine. Il demeura muet, n'osant lever les yeux sur l'Empereur, ne sachant probablement quelle réponse faire. Alexandre, croyant que le ressentiment durait encore dans l'âme de l'amiral, insista de nouveau :

— Comte, dit-il, Dieu use de miséricorde à l'égard des hommes ; refuserez-vous de l'imiter? donnez-moi votre main en signe de réconciliation, et je vous devrai une éternelle reconnaissance.

Le vieillard, n'y pouvant tenir davantage, se précipita sur la main que le czar lui tendait, la pressa sur ses lèvres et s'écria :

— Ah! Sire, vous avez un grand cœur; votre règne doux et humain a largement racheté les fautes de votre jeunesse. Mais Votre Majesté n'a aucun pardon à solliciter de moi : vous avez été le jouet d'une erreur : le malheur qui vous

affligé en ce moment si cruellement n'a point
été consommé.

— Que voulez-vous dire ?

— Sire, malgré votre campement dans mon
château, durant plusieurs jours, ma fille n'a
point péri dans le souterrain, comme on vous
l'a raconté.

— Serait-il vrai ? s'écria le czar au comble
de la surprise. Mais ces ossements ?...

— On les y déposa après coup pour donner le
change et faire cesser toutes les recherches. Au
surplus, Sire, en présence des dispositions que
j'admire en Votre Majesté, je n'ai plus rien
à cacher : ma fille est vivante. A la vérité, ses
jours ont couru un péril extrême ; car, en
l'enfermant dans le souterrain, son fiancé ni
moi ne nous attendions que vous persisteriez
si longtemps dans vos recherches.

— Apprenez-moi comment votre fille a pu
échapper à la mort, puisque nous occupions la
cour renfermant le puits qui donne accès dans
le souterrain.

— Il existait une autre issue que nous igno-
rions. Un seul homme la connaissait, le vieux
pope d'un village voisin dont tous les aïeux
avaient fidèlement servi les maîtres du château
de Mordwinof. Heureusement Ivan, le fiancé de
ma fille, eut l'idée de confier au prêtre ce qui

était arrivé, et ce dernier livra le secret du second passage. Je trouvai mon enfant chérie; Ivan l'épousa dans la petite église du pope, et ils partirent immédiatement avec elle, sous un déguisement, pour l'étranger; là, sous un autre nom, ils ont vécu heureux et tranquilles.

— Ah! si je l'avais su, quel soulagement à mes tristesses! murmura l'Empereur.

Mais déjà son front, un instant rasséréné, s'obscurcit de nouveau. Il demanda:

— Que signifient ces apparitions étranges, ces spectres du souterrain?

— De quels spectres Votre Majesté veut-elle parler, dit l'amiral.

Alexandre raconta, en frissonnant encore, sa visite à la rotonde souterraine de Mordwinof, les visions effrayantes, les fantômes, les paroles menaçantes, les lueurs inexplicables.

Le comte écouta, silencieux et stupéfait, ce singulier récit, dont il ne pouvait cependant contester la véracité. Il réfléchit un instant, puis il dit avec l'accent du mécontentement:

— Je soupçonne la cause de tout cela; je crois être sur la voie.

— Voyons, expliquez-moi cela.

— Ce pourrait bien être un tour joué par le vieux pope,

— Quel pope?

— Celui-là même dont je vous ai parlé, le libérateur de ma fille. Pierre était un profond savant, un grand physicien, qui passait pour connaître tous les secrets de la magie. Il a quitté le pays en même temps que nous, et n'y a jamais reparu. Toutefois, je n'ai pas entendu dire qu'il fût mort quoiqu'il doive être fort âgé. S'il n'a pas atteint ses cent ans, il ne saurait en être éloigné. Ma fille ou son mari sont, je le crois, mieux informés de tout cela que moi-même, et ils pourraient, je l'espère, vous éclairer à ce sujet.

— Que je serais charmé de les voir, si cela était possible !

— Ils ne sont pas loin d'ici, et si Votre Majesté me l'ordonne, j'aurai l'honneur de les lui présenter dès ce soir.

— Eh bien ! soit : je les attendrai.

L'Empereur et l'amiral remontèrent sur le pont. Après avoir recueilli les acclamations de l'équipage, le czar redescendit dans sa chaloupe et se fit débarquer sur la plage opposée à la ville. Là, il inspecta l'hôpital maritime et les casernes ; ensuite il assista à un tir à boulets rouges organisé, d'après ses ordres, par la batterie Alexandre et que le comte Mordwinof vint diriger en personne.

Le soir, le monarque dîna avec tous les officiers généraux, parmi lesquels l'amiral Mordwinof et le vice-amiral Greig. Le repas terminé, Alexandre travailla avec le baron de Diebitsch jusqu'à ce qu'une chaloupe vînt le prendre pour le conduire au vaisseau-amiral.

Le comte, ayant reçu l'Empereur au bas de l'échelle, le mena au salon. Le czar y trouva une femme âgée d'un peu plus de quarante ans, de l'air le plus distingué et belle encore ; près d'elle se tenait un homme dans la force de l'âge, richement vêtu et dont le visage était empreint d'une mâle résolution.

— Sire, j'ai l'honneur de présenter à Votre Majesté ma fille et mon gendre, dit le comte en s'inclinant profondément et en désignant les deux personnes debout dans le salon.

L'homme et la femme, au lieu de s'incliner, se jetèrent aux pieds du czar, lui demandant pardon de l'avoir trompé.

Alexandre, très pâle et très ému, les releva avec de bonnes paroles.

— Vous n'avez point à implorer votre grâce, dit-il ; vous aviez le droit de me résister ; vous aviez celui de vivre et vous méritiez d'être heureux. Pour moi je me reprocherai toujours d'avoir failli briser vos espérances, quoique j'aie cruellement expié ces folies...

Soudain, l'Empereur s'interrompit; son regard, vague d'abord tandis qu'il parlait, venait de se fixer sur Ivan, le gendre de l'amiral; il avait reconnu en lui le mystérieux étranger de Pétersbourg, l'homme qui, par deux fois, avait servi d'intermédiaire au schimnik de Saint-Alexandre-Newski pour lui sauver la vie.

Etrangement surpris de cette rencontre, le czar demanda des explications, et voici sommairement celles qu'Ivan lui fournit.

— Le schimnik de Saint-Alexandre-Newski, dit-il, n'est autre que le pope Pierre, le même qui nous indiqua la seconde issue du souterrain de Mordwinof, il y a maintenant plus de vingt-six ans. Tout ce que je sais de lui, c'est que son savoir, sa puissance, ses austérités sont grands, quoiqu'ils n'aient peut-être rien de prodigieux comme on l'a prétendu.

Quant à ses actes et à leurs mobiles, il m'est impossible, Sire, de vous renseigner à cet égard, n'ayant été que l'instrument passif de l'étrange vieillard.

Il y a un an, il vint me chercher en Bulgarie, dans la retraite où je vivais avec ma femme, et il réclama mes services. Je n'avais rien à refuser à l'homme à qui je devais mon bonheur. Je le suivis à Pétersbourg, lui obéissant aveuglément, sans jamais lui demander des explications qu'il ne semblait pas disposé à donner.

Quand il eut accompli, par mon entremise, ce qu'il avait résolu envers Votre Majesté, il me renvoya en Bulgarie pour y prendre ma femme et l'amener avec moi à Mordwinof où nous devions le rejoindre. Nous arrivâmes au jour fixé. Le schimnik, profondément versé dans tous les secrets de la chimie et de la physique, nous y fit jouer le rôle de spectres, sous les yeux de Votre Majesté. Tout ce que vous avez vu dans le souterrain n'a donc rien de merveilleux. Cédant aux volontés du vieillard, nous nous sommes prêtés à la scène qu'il avait préparée sans en prévoir les conséquences. Néanmoins, nous vous conjurons, Sire, de nous pardonner cette supercherie. Nous protestons que nous ne savons rien, absolument rien des raisons qui ont déterminé le schimnik à ce jeu terrible.

Le pardon fut accordé de la meilleure grâce du monde; et l'Empereur scella sa réconciliation avec les deux époux en leur faisant présent d'un magnifique domaine, voisin de Mordwinof, et en leur offrant des lettres qui les élevaient au degré supérieur de la noblesse.

Le schimnik était en présence du monarque et resta seul avec lui
(page 131)

XII. — L'ISSUE FINALE

Le lendemain, de bonne heure, le czar quitta Sébastopol et se dirigea sur Simféropol. Il passa la nuit au palais de Ghiraï, antique résidence de ces terribles khans de Crimée dont le sabre s'était maintes fois ébréché sur les murs de Moscou.

La funeste impression produite sur l'esprit de l'Empereur, durant la nuit de Mordwinof, ne s'était point complètement effacée, malgré les évènements subséquents et les heureuses

découvertes qui devaient éteindre ses remords.
Alexandre luttait contre le mal, sans vouloir
s'avouer à lui-même ses progrès.

Cependant, à Simféropol, avant de se coucher, sur les vives instances de Diébitsch, il
manda son médecin ; mais il chercha encore
à dissimuler la cause et la gravité de ses souffrances.

Il commença par exprimer des craintes au
sujet de la santé de l'impératrice Elisabeth,
qui venait d'apprendre la mort de son beau-
père, le roi Maximilien de Bavière ; cette nouvelle, disait-il, devait lui avoir causé une émotion dangereuse pour son état, et il témoigna
son vif regret d'être éloigné de la princesse en
pareille circonstance.

Ensuite, et comme par hasard, il avoua à
sir James Wylie qu'il avait l'estomac dérangé,
et que son sommeil était agité depuis plusieurs
nuits.

— Toutefois, se hâta-t-il d'ajouter en souriant, malgré cela, docteur, je n'ai besoin ni
de vous, ni de votre cuisine latine ; je saurai
bien me traiter moi-même. D'ailleurs, ma
confiance est en Dieu et en ma bonne consti-
tution.

Le médecin anglais, attaché depuis longues
années à la personne du czar, jouissait au-

près de lui d'une liberté compète. Mais, ce fut en vain qu'il lui représenta la nécessité de prévenir la maladie par une prompte médication.

— Je n'ai pas confiance en vos potions; ma vie est dans les mains de Dieu; rien ne peut me soustraire aux effets de sa volonté. Ainsi ne me parlez plus de traitement.

Telle fut la réponse d'Alexandre à tous les avertissements de son médecin.

Néanmoins, le malaise ne diminua pas. L'enjouement apparent qu'affectait le voyageur impérial disparut; il parla peu, sommeilla beaucoup dans sa voiture, et ne recouvrait ses sens que pour rester plongé des heures entières dans les réflexions les plus pénibles, à en juger par l'expression de ses traits.

A partir de ce moment, on pressa le retour. On gagna le Dniéper; on traversa à la hâte le steppe de Noguïs, et on atteignit enfin Mariopol, où la mer d'Azof reparut aux yeux des voyageurs.

On n'était plus qu'à une courte distance de Taganrog. Il était temps; car, dans cette même ville de Mariopol, Alexandre ressentit des frissons avant-coureurs de la fièvre. Il en fit part à Wylie, mais la hâte du voyage ne permit pas d'attaquer sérieusement le mal dès le début.

Enfin le 17 novembre, exactement au jour promis, on rentrait dans Taganrog. Le prince Volkowski, aux soins duquel Alexandre avait confié l'Impératrice, accourut au-devant de son maître et ami.

— Comment se porte Votre Majesté? demanda-t-il.

— Assez bien, répondit le czar. Cependant, moi aussi, j'ai attrapé une petite fièvre en Crimée; et, en dépit du climat tant vanté de cette province, je suis plus que jamais convaincu d'avoir sagement agi en choisissant Taganrog pour le séjour de l'Impératrice.

Le prince le conjura d'avoir soin de sa précieuse santé, et de ne plus la traiter sans façon comme il l'avait fait à vingt ans.

Mais déjà Alexandre s'était élancé dans l'appartement de l'Impératrice, et il resta toute la soirée avec elle. Il y dîna encore le lendemain, après avoir travaillé avec ses conseillers.

Pourtant, le soir, sentant le retour de la fièvre, il fit prier la princesse de venir passer quelques heures chez lui. Elle le quitta fort tard, à dix heures, non sans inquiétude, car la maladie prenait un caractère de gravité alarmant. Malgré son fatalisme et sa répugnance à suivre

les conseils de l'art, on avait obtenu du czar
qu'il acceptât quelques médicaments.

A dater du 19 novembre, qui paraissait devoir être un jour néfaste, car c'était l'anniver-
saire de la terrible inondation de l'année précé-
dente, la maladie fit constamment des progrès.
Une crise favorable sembla toutefois survenir
le 21. Alexandre, qui ne se levait plus, occupait un divan qui, placé au fond de son cabinet
de travail, lui servait de lit. Une vaste salle
d'entrée séparait l'appartement d'Elisabeth de
celui de son mari. Or, l'Impératrice se trouvait dans cette salle, le soir du 21, causant
avec Diebitsch de la maladie de l'Empereur,
quand un moine entra soudain, demandant
instamment à voir le czar. Les aides-de-camp
s'y opposaient. Mais, dès que la princesse l'eût
envisagé :

— Laissez-le, dit-elle, je sais qui il est.

Elle venait, en effet, de reconnaître dans le
vieillard le pèlerin de Milivesch, secouru autrefois par elle, le schimnik de Saint-Alexandre-
Newski, qui prétendait avoir obtenu son rapprochement avec l'Empereur.

— Madame, dit le moine brièvement, il faut
absolument que je voie le czar.

— Oui, voyez-le, je vous en prie, répliqua

Élisabeth. S'il peut être guéri, il le sera par
vous mieux que par tout autre.

— Alors, Madame, ordonnez qu'on m'intro-
duise.

Une minute après, le schimnik était en
présence du monarque et resta seul avec lui.
Une expression de mécontentement parut sur
le visage du malade à la vue du vieillard;
mais elle s'évanouit aussitôt, et il tendit la main
au visiteur.

— Pope Pierre, dit-il, voici ma main; mais
j'attends de vous des explications sur le passé,
car vous m'avez bien fait souffrir.

— Sire, je suis prêt à vous les donner com-
plètes, sans réserve. Ce que j'ai voulu uniquement, c'est le bien du pays et celui de Votre
Majesté, qui en est inséparable. La nation, vous
en êtes convenu, gémissait accablée sous une
foule de calamités résultant de votre conduite.
Or, j'ai eu pour but de vous déterminer à éviter
de nouvelles fautes et à réparer celles que vous
aviez commises. De plus, un remords terrible
pesait sur votre conscience, la désunion régnait
à votre foyer; eh bien! je me suis efforcé de
rendre le calme à votre âme et la paix à votre
famille; et j'ose croire que mes tentatives n'ont
pas été tout à fait infructueuses. Enfin, j'ai
voulu sauver la Russie et Votre Majesté d'un

malheur plus grand encore que tous les précédents. Vous soupçonnez peut-être que sous le titre d'*Union du bien public*, une vaste conspiration s'organise depuis longtemps. Le péril est grave, imminent; les conspirateurs sont nombreux, puissants, répandus dans toutes les classes; ils ont un levier terrible dans le mécontentement populaire; ceux-là mêmes que vous croyez vos amis, vos alliés les plus fidèles, trempent dans le complot. Or, Sire, une pareille trame ne peut être déjouée par la force; le seul moyen de la vaincre, c'est de supprimer les abus, les maux dont on se plaint; il faut ainsi enlever aux conjurés leur force, leur point d'appui, et ils n'auront plus de raison d'être.

Voilà quel a été mon dessein. Il est vrai que j'ai employé des moyens étranges, et il en existait sans doute de meilleurs. Mais que Votre Majesté daigne considérer que je n'avais pas le choix : je ne suis qu'un humble pope, à qui on n'eût jamais permis d'approcher du trône, et qu'on aurait encore moins écouté, si, par impossible, on lui eût ouvert l'accès de la demeure impériale. Sire dites-moi que vous ne gardez aucun ressentiment de ce que j'ai fait.

— Je vous remercie, fit Alexandre en serrant la main du pope.

Le trouble que lui avait causé ce qu'il venait d'apprendre, au sujet de la conspiration, l'empêcha d'en dire davantage.

— Maintenant, Sire, reprit le schimnik, permettez-moi de remplir un autre devoir. Je crains d'être en partie la cause de votre maladie; je me reproche vivement la scène inutile du souterrain, je suis donc venu pour vous guérir; vous connaissez par expérience ce que je peux en fait de traitement.

Le czar se tut; ses yeux s'étaient fermés; il semblait rêver, sommeiller ou réfléchir.

Le vieillard insista et renouvela sa proposition.

Alors l'Empereur, faisant un mouvement, comme s'il se fût réveillé, répondit d'une voix ferme :

— Pope Pierre, je vous remercie de nouveau pour m'avoir épargné un grand crime, il y a vingt-six ans, et pour les efforts que vous avez faits depuis dans l'intérêt de mon règne. Mais, retenez bien mes paroles : je vous pardonne et je ne veux pas être guéri.

— Sire !...

— Non, je le répète, je ne veux pas être guéri, fit le malade avec force. Maintenant la vie m'est à charge; je me confie uniquement en Dieu, mais je ne veux plus rien des hommes.

Puis, craignant, d'être entendu de la salle, l'Empereur invita le vieillard à s'approcher davantage. Il l'entretint près d'une heure à voix basse. Quand ce fut fini, le pope semblait très ému ; il bénit le monarque, baisa ensuite avec chaleur la main qu'Alexandre lui présenta, et se retira.

Dans la salle d'entrée, il retrouva l'Impératrice qui l'interrogea, le regard anxieux. Le schimnik poussa un profond soupir, s'inclina profondément et sortit rapidement en silence.

On ne le revit plus, et le czar ne fit pas même une allusion à sa visite.

Le mieux qui s'était manifesté chez le malade ne continua pas, au contraire : toute la nuit Alexandre demeura plongé dans un accablement profond, qui semblait avoir sa cause dans les préoccupations morales plutôt que dans la souffrance physique.

Le matin, on annonça l'arrivée du lieutenant-général comte de Witt, venant des cantonnements de la Petite-Russie, et sollicitant avec instance la faveur de communiquer avec le prince.

Il fut admis immédiatement.

Le comte de Witt apportait des nouvelles certaines de ce complot dont le schimnik avait parlé la veille, et qui se tramait contre les jours même du czar. L'officier-général raconta seulement au monarque ce qu'il ne pouvait pas lui cacher sur l'association des conspirateurs. Il n'en fallut pas davantage pour produire sur l'esprit d'Alexandre une impression décisive, qui devait influer mortellement sur l'issue de sa maladie. Son premier sentiment fut l'irritation; et le général-major d'artillerie Arnoldi étant venu le voir :

— Connais-tu le colonel Pestel? lui demanda-t-il.

— Sans doute, Sire : c'est mon beau-frère, et nous avons servi ensemble.

— C'est un traître qui cache des desseins criminels, et j'aurai l'œil sur lui, reprit le czar.

Mais quand il envisagea l'étendue de ce complot et les noms des complices, il fut accablé, et dès lors il n'essaya pas de surmonter son dégoût de la vie. Les accès de fièvre augmentèrent; le malade eut plusieurs évanouissements; baigné de sueur, il paraissait dans un anéantissement complet. Lorsque le médecin lui parla de l'application des sangsues, il répondit :

— Mon ami, c'est de mes nerfs qu'il faut vous occuper; ils sont dans un désordre épouvantable.

— Hélas ! repartit Wylie, chez les rois cela
se voit plus fréquemment que chez le commun
des hommes.

— Oui, reprit vivement Alexandre, chez moi,
particulièrement, il y a bien des raisons pour
cela, et dans le moment actuel plus que dans
tout autre.

L'état de son âme se trahit souvent ensuite
de la même manière. Le 26 novembre, dans
une exaltation d'esprit voisine du délire, il
s'écria, en fixant un regard terrible sur son
médecin :

— Mon ami, quelle action, quelle épouvantable action !

Une autre fois, et devant d'autres témoins :

— Ah ! les monstres, les ingrats ! je ne voulais que leur bonheur !

Il n'y avait plus à douter : la maladie d'A-
lexandre était une fièvre typhoïde de la plus
mauvaise nature. Quand les médecins virent
le czar refuser obstinément tous leurs soins,
ils désespérèrent de sa vie. Les prières mêmes d'Elisabeth, qui ne le quittait plus d'un
moment, ne réussirent point à triompher de
sa résolution.

Le prince Volkowski imagina alors le stra-
tagème suivant : il pria l'Impératrice de rap-
peler au malade la nécessité de remplir à tout

évènement ses devoirs de chrétien. La princesse, entrevoyant dans cette mesure une dernière planche de salut, reprit sa fermeté qui l'avait un instant abandonnée ; revenue auprès de l'Empereur, elle lui saisit les mains et parla :

— Je suis donc bien malade? répondit Alexandre à sa douce insinuation.

— Ce n'est pas cela, mon ami, dit la princesse mais puisque vous avez repoussé tous les remèdes essayez de celui-ci.

— Volontiers, fit le czar.

Et il manda Wylie.

Le médecin étant venu, l'Empereur le regarda fixement et lui dit :

— On me parle de communion; en sommes-nous là réellement?

— Oui, Sire, répondit le fidèle serviteur d'une voix que les larmes suffoquaient. Votre Majesté a rejeté mes conseils; en ce moment je lui parle, non comme médecin, mais comme honnête homme. C'est mon devoir de chrétien de vous déclarer qu'il n'y a plus un instant à perdre.

L'Empereur lui pressa les mains en signe de remerciement. Le lendemain, dès six heures du matin, son confesseur, l'archiprêtre Féodatof, entra dans le cabinet, tenant la croix à la main. Alexandre, se soulevant avec peine, dit à l'Impératrice :

— Je dois être seul !

Tout le monde sortit, et Elisabeth put donner un libre cours à ses larmes qu'elle retenait en présence de son mari.

Lorsque le prêtre se disposa à administrer l'Eucharistie, Alexandre fit prier sa femme de revenir, et ce fut en sa présence qu'il reçut le saint Viatique.

En ce moment, le confesseur se joignit à l'Impératrice pour supplier le malade de céder aux conseils des hommes de l'art et de souffrir qu'on lui apposât les sangsues.

Toute résistance cessa : dès ce moment, l'Empereur consentit à tout ce qu'on désirait de lui. Ensuite, se tournant vers Elisabeth, il lui dit :

— Jamais je n'ai goûté une satisfaction plus grande : je vous en remercie du fond du cœur.

Mais pour les médecins, il était trop tard. Le malade passa les trois jours qui suivirent sans parole, presque sans connaissance et dans un état de léthargie ou de convulsions nerveuses continuelles ; à peine s'il donnait quelques signes de vie ; le pouls marquait cent vingt-cinq pulsations à la minute.

Dans la nuit du 30, la prostration, de plus en plus effrayante, aboutit à l'agonie ; les remèdes ne produisaient plus aucun effet ; les fonctions vitales étaient suspendues.

Cependant, le matin du 1er décembre, le malade rouvrit encore les yeux ; et, sans retrouver l'usage de la parole, il reconnut toutes les personnes que l'imminence du dénouement réunissait autour de son lit. Qu'on se figure les sentiments qu'éprouvèrent les plus fidèles serviteurs d'Alexandre, le prince Volkowski et le baron de Diebitsch, au cruel spectacle de la mort de leur maître chéri ! Cette perte, irréparable pour eux, et dont les conséquences pour l'empire étaient incalculables, n'était cependant pas leur unique préoccupation.

Volkowski ne pouvait éloigner l'Impératrice de cette chambre dont l'aspect brisait son cœur et lui portait des coups funestes. L'Empereur lui avait confié Elisabeth ; et le prince avait juré, quoi qu'il arrivât, de ne point quitter la princesse qu'il ne l'eût rendue à la famille impériale.

Diebitsch avait des soucis d'un autre genre. Le czar lui avait révélé le complot odieux tramé dans l'ombre, et en avait remis tous les fils entre les mains du baron. Alexandre était désormais hors des atteintes du poignard, mais il n'était pas la seule victime désignée.

Il importait donc d'agir immédiatement et avec vigueur.

Diebitsch, ne pouvant prendre les ordres du maître, avait prescrit, sous sa responsabilité personnelle, toutes les mesures d'urgence capables encore de déjouer la conjuration. Il en attendait les effets; et cette mort, dont il allait être témoin, pouvait, comme jadis celle d'un autre Alexandre, devenir le signal d'une conflagration terrible.

Cependant, d'un signe presque imperceptible, le czar mourant invita l'Impératrice à venir plus près; il lui baisa encore une fois la main, comme pour lui dire le suprême adieu. Puis, retombant dans sa léthargie, il ne tarda pas à rendre le dernier soupir, au milieu d'un râle douloureux.

Il était dix heures cinquante minutes du matin.

Elisabeth, suffoquée par les pleurs qu'elle retenait, lui ferma les yeux, lui banda avec son mouchoir le bas du visage, éleva sur lui la croix, gage du salut, et le bénit; elle l'embrassa une dernière fois, puis tournant les yeux vers une sainte image :

— Seigneur, pardonne-moi mes péchés, dit-elle. Il a plu à ta toute-puissance de me l'enlever!

Par un effort surhumain, l'Impératrice avait retrouvé ses forces et son courage pour soigner son mari jusqu'au bout.

Mais quand tout fut fini pour lui, tout fut aussi terminé pour elle : cinq mois après, elle expirait dans la quarante-huitième année de son âge.

FIN

TABLE

FIN DE LA TABLE

Limoges. — Imp. Eugène Ardant et Cie.

Original en couleur

NF Z 43-120-8

SOLIGNAC

www.ingramcontent.com/pod-product-compliance
Lightning Source LLC
Chambersburg PA
CBHW071231260626
47162CB00004B/1521